目次

主要人物相関図

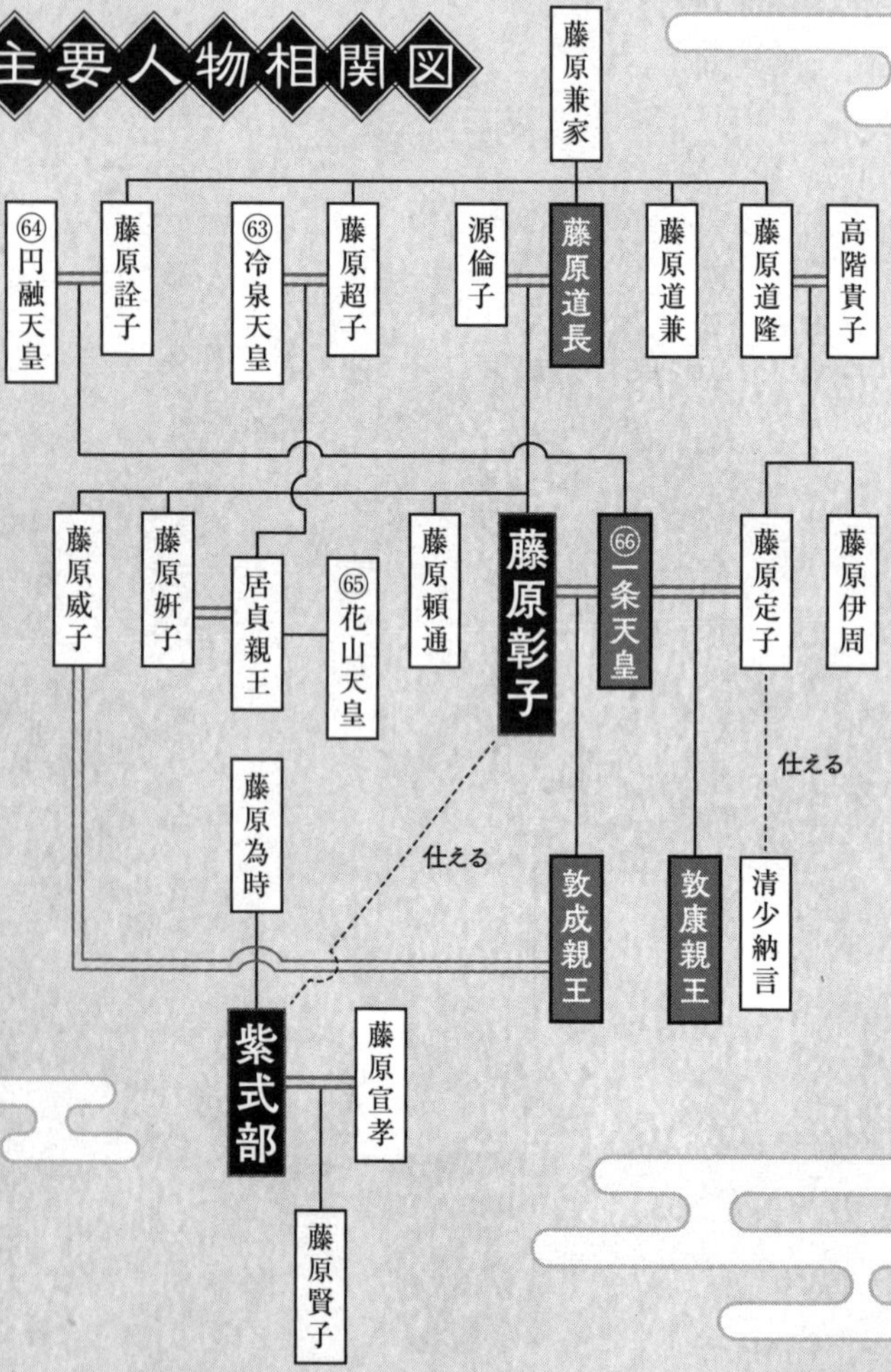

※番号は皇位継承順

源氏物語あやとき草子（一）

紫式部と彰子

秋のけはひ入りたつままに、
土御門殿のありさま、いはむかたなくをかし。
池のわたりの梢ども、遣水のほとりの草むら、
おのがじし色づきわたりつつ、大方の空も艶なるにもてはやされて、
不断の御読経の声々、あはれまさりけり。

(秋の気配が漂ってくるにつれて、
土御門邸の有様は、何とも言えない趣がある。
池の周りの梢どもも、遣水のほとりの草むらも、
それぞれ見渡す限り色づいて、おおかた空も鮮やかに引き立てられて、
不断の御読経の声々は、しみじみと胸に染み入る)

――『紫式部日記』

第一章　紫式部と彰子

夏空は青く、日輪は白い。草木は生い茂り、濃い陰影をつけ、池の水際まで迫っている。

貪欲なまでの成長の息吹が大地に溢れ、それに当てられたかのように鳥も虫たちも忙しく働き回っている。

この夏の働き、生命の繁茂の次に、大いなる実りの秋が来るのだと思えば、この暑さも苦にはならないのだろうか……。

「暑い」

紫式部《むらさきしきぶ》は独りごちた。

彼女はいま、内裏《だいり》の北西、後宮の七殿五舎のひとつである飛香舎《ひぎょうしゃ》の自分の局にいた。

周りでは人が行き交ったり、蹴鞠《けまり》や双六《すごろく》や管弦の遊びをしたりして騒がしいが、この邸のこの局だけは別である。

目の前には文机《ふづくえ》があり、紙があった。硯には墨がたっぷり用意され、下書き用の木簡《もっかん》や竹簡《ちくかん》がたくさん用意されている。文机の周辺には漢籍、歌集、経典などがところ狭しと積み上げられていた。

だが、肝心の筆はきれいなままである。

「紗巾草履竹疏の衣、晩に香山を下りて翠微を蹋《ふ》む――」

紫式部はため息のように、漢詩の一節をつぶやく。唐の詩人・白居易《はくきょい》の作だ。

――薄絹の頭巾に草履、竹の繊維で作った衣、夕方に香山から山中の緑を下りてゆく、くらいの意味だ。

飛び抜けて美人というわけではないが、目が光と力を持っている。いろいろな教養を積んだ男の貴族たちを向こうに回しても渡り合えそうな聡明さが感じられた。色白の肌はいつも室内にいるせいで少し青い。髪は長く、つややか。三十過ぎだが、顔立ちの全体的な印象は裳着《もぎ》を終えたばかりの若い姫のように、楽しいもの、心に触れるものをいつも探しているかのようだった。

外を眺めれば、灌木の影に隠れるように白い夕顔《ゆうがお》が儚《はかな》く健気に咲いている。

この花の儚い美しさに心を動かされて、紫式部は自らが書く『源氏物語《げんじものがたり》』の登場人物と帖名（巻名）に用いた。

ゆるい風が藤の葉を揺らす。

この飛香舎には壺に藤の花が植えられていて、春には誇り高い紫色の花を咲かせる。それゆえ、飛香舎は別名「藤壺《ふじつぼ》」とも呼ばれていた。

この「藤壺」も、『源氏物語』において物語の重要な場所としても人の名としても使わせてもらっている。

足音のひとつがこちらにやってきた。上品な運びだが気ぜわしい男の足音だ。

「紫式部はいるか」

簀子《すのこ》でやや高い声がした。

紫式部はそばに置いてあった衵扇《あこめおうぎ》を広げ、顔を隠す。

扇はもともと、儀式の次第などの備忘として用いた笏《しゃく》を束ねたものである。男の使う檜扇《ひおうぎ》はそのままの使い方が主だが、女性の使う衵扇は顔を隠すために大ぶりになり、装飾も施された。

親族や親しい間柄以外に女性が素顔を見せるものではないため、この衵扇や几帳《きちょう》などを用いるのだ。

もっとも宮中で女房勤めをしていれば、そんなことにかまっていられないときも多いのだが。

「おります」

紫式部が答えると、その声の主、左大臣・藤原道長《ふじわらのみちなが》が局に顔を出した。

「元気でやっているか」

目を細めて愛想笑いを浮かべている。もともと細い目がなくなってしまっていた。頬にも肉がつき、参内のための束帯の衿から覗く首も太く、朝廷で重きをなしている自信が漂っている。

何しろ五男という不利な立場から出発し、ここまで上り詰めた道長である。才覚だけでなく天運も強いのだろう。

左大臣の上には太政大臣《だじょうだいじん》があるが、これは名誉職に近い。よって左大臣・道長は事実上、政《まつりごと》の頂点にいる男と言えた。

参内すると、道長はいつもあちこち歩き回っていた。可能な限り天皇に挨拶をし、可能でなくとも藤壺にいる中宮《ちゅうぐう》・彰子《しょうし》に挨拶した。

彰子が道長の娘だからである。

彰子は一条《いちじょう》天皇の后として入内《じゅだい》していた。それも中宮という、后の中でももっとも重い位に、である。

この時代、左大臣に上り詰めただけでは、権力の頂点に立ったとは言い切れない。

内裏の中心はあくまでも天皇なのだ。しかし、道長はあくまでも臣下だから、逆立ちしたって天皇にはなれない。臣下から婿入りはできないのだ。

ならば、どうするか。

自分の娘を天皇の后とし、皇子を産ませ、その皇子を東宮（皇太子）とし、幼いうちに天皇とすることで、自らは天皇の外戚となることができる。当然、天皇を補佐する摂政《せっしょう》に自らがなるのである。

彰子が入内しただけでは、道長の政治的野望は完成しない。

ゆえに、道長は毎日のように藤壺に顔を出す。彰子の様子が気になるからであり、彰子を重んじるように目を光らせるためである。

たまったものではない。

周りの者にも、彰子にも、天皇ご自身にも。

もっとも、内裏はそういうところである。

誰がいつどこにいたか。

誰と誰が会っていたか。

誰がどこに呼ばれたか。

それらはすべて政治的に意味を持ち、場合によっては律令《りつりょう》以上に力を持つ。

そんなわけで、行動のひとつひとつが政治に直結しているのが道長という男なのだが、藤壺に来ると――要するに毎日――紫式部の局に足を運んだ。

ただ、彼が紫式部のところまで足を伸ばすのには、政治的な思惑だけではない別の理由があった。

「はい。おかげさまで」

紫式部が答えると、道長は形ばかり笑ってみせた。

「そうか」

道長が座っている位置から背を伸ばし、鼻の下を伸ばすようにして何かを覗き込む。

「何か？」

「いや……今年の夏も暑いな」

「庭木と夕顔を見ていました」

「ああ。夏は伸び放題で、草を刈るのが大変だな」

「私は庭木のすべての名を知っているわけではないのですが、名を知らぬ草木こそ夏にぐんぐんと成長し、これでもかとばかりに繁栄の力を示す。けれども、この夏の繁栄は、それがすばらしいものであればあるほど、そのあとに凋落の足音が忍び寄ってくるのです」

「ふむ」

「けれども、やはり夏はあざやかで、色濃くて、美しい。御仏はすべての者の幸せと繁栄を願っているのだよと、教えてくれるように思います」

紫式部が目を細めて白い雲を眺めた。

だが、道長のほうはそんな言葉をゆっくり味わっている気にはならないらしい。

「なるほど。夏の息吹とは天の経綸の一部よな」

道長自身、言っている意味がわかっているのだろうかと、紫式部は内心首をひねりながらも、「左様でございますね」と静かに答えた。

遠くで鳶《とび》が鳴いている。

「それで、どうかな。おぬしのほうの具合は」

「ですから、元気にございます」

道長は平静そうに見えて、焦れていた。

「そうではなくてだな。ほら」

「はあ」

紫式部が生返事を返すと、道長が顔をしかめた。

「あの『源氏物語』の続きのほうの具合だ」

道長は左大臣らしくなく、地団駄を踏む童のようだ。

これにはいくつかの訳があるのだが、紫式部としてはこう答えるしかない。

「ご覧のとおり、まったく進んでおりません」

衵扇を持っていない左手を広げるようにして、文机の上を示した。

道長は、さらにきつく顔をしかめる。しわが増えるだろうに、と紫式部は他人事のように思う。

「進んでない？　進んでないだと？」

道長が繰り返した。

「はい」

「おぬし、自分が何のために招聘されたか、覚えておろうな」

「『源氏物語』を書き上げ、藤壺の中宮さまのところでもっとも早く読めるようにすることでございましょう？」

「そのとおりだ。『源氏物語』は主上《しゅじょう》（天皇）もお気に召していらっしゃる」

「存じています」

おかげさまで、一条天皇から「この作者は日本紀《にほんぎ》をしっかり読んでいるみたいだね」と言われ、「日本紀の局」などというあだ名を勝手に冠されているのである。

実は困っている。

道長にしてみれば、「だからこそ、おぬしを女房にしているのだ」となるだろうが、「女房としての務めは極力減らして、物語を書くことだけに専念できるようにしているのに。高価な紙だって、ほれ、このとおり、いくらでも用意させているというのに」

道長が唾をまき散らして、熱心に抗議した。

「そうおっしゃるのでしたら、原稿を盗むのをやめてください」

道長の動きが止まった。

向こうを、藤壺の女房がそそくさと歩いていく。

「な、何の話だね？」

道長が笑顔を無理やりひねり出す。

「途中まで書いた原稿が、ちょこちょこ盗まれています。私が局を空けたときに盗まれているのですが、犯人は局に証拠を残しています」

「証拠とな？」

紫式部が衵扇を少し下ろし、鼻を見せた。

「においです」

「…………」

「原稿が盗まれたあと、局に残っているにおいが、左大臣さまのご衣裳に焚きしめられた薫香《くんこう》と同じもの」

「似たようなにおいをさせている奴は、他にもいるだろう」

「いません」

紫式部が断言した。

「左大臣さまと同じようなにおいの薫香なんて、みな畏れをなしてつけるものですか」

道長はむっつりした顔になり、肩で息をし、とうとうぼそりとつぶやいた。

「……のだ」

「はい？」

「ちょっとでも早く読みたかったのだ」

紫式部はため息をついた。

道長も『源氏物語』を愛読してくれているのは知っている。

しかし、やっていいことと悪いことがある。左大臣のくせに何をやっているのだ。

「本当なら、すでに何帖か書き上げている予定だったのですが、これではしばらく無理です」

「え……」

道長が情けない表情になった。

読みたかった新しい帖が読めないからか、天皇のご機嫌取りがひとつ減るからか。

「もうすぐ中宮さまのお産でございますから」

道長が顔色を改めた。

彰子が待望の子を産む。

言うまでもなく、天皇の子である。

さすがに紫式部も、物語だけを書いているわけにはいかない。

待望の、と述べたが、それほどに長らく待たれていた出産だった。

彰子が入内したのは長保《ちょうほう》元年（九九九年）十一月のことである。現在は寛弘《かんこう》五年（一〇〇八年）。実に九年越しの懐妊だった。

入内したときには裳着を終えたばかりの十二歳だった彰子は、いま二十一歳になっている。

彰子の懐妊がわかったとき、道長は涙をこぼし、「長かった」とつぶやいたらしい。

紫式部も「長かった」と思った。

道長は自分の野心の実現への道のりの長さを思って涙したのだろうが、紫式部は彰子の心痛を思っての気持ちだった。

「もう少ししたら、中宮さまは内裏を下がって土御門第《つちみかどてい》でお産に備える。先ほど正式にお許しが出た」

「そうでしたか」

「前々から言っていたように、おぬしら中宮さま付き女房の大半も同行するから、そのつもりでな」

「心得ています」

内裏は人の出入りが多い。

それは人の口も多いと言うことで、噂話や思惑が入り乱れる。

初めての出産、それも九年越しの待望の出産となれば、そのようなところに彰子を置いておきたくないというのは、政治的配慮だけではなく、親心でもあろう。

そのとき、簀子の向こうから若い女房の声がする。小さくも小鳥のさえずりのように高くかわいらしい声だ。

「紫式部。中宮さまがお召しにございます」

衵扇で顔を隠しつつそう告げてくれたのは、中宮周りで話し相手を務める女房のひとり、小少将《こしょうしょう》の君《きみ》だった。

彼女のような女房は上臈《じょうろう》女房とも呼ばれていた。主人――ここで言えば彰子――

と血のつながりがあり、高い生まれの娘たちが集められている。

小少将の君は、彰子とは従姉妹に当たった。道長の妻・源倫子《みなもとのりんし》の兄の子なのである。

ちなみに、紫式部の父は藤原為時《ためとき》という。れっきとした藤原一族ではあるが、従五位下《じゅごいげ》・越前守《えちぜんのかみ》を務めた中流貴族。ゆえに女房の身分としては、身体を動かして働き、他の后の女房や貴族たちと折衝もする中﨟《ちゅうろう》女房というのが本来であるが、物語に没頭させてもらっているのは、先に述べたとおりである。

「何かあったか」

紫式部より先に道長が答えると、おっとりしていて小柄な、それこそ姫君のような小少将の君は、困ったように黙ってしまった。

「聞いています。伺いますので、小少将の君は戻っていて大丈夫です」

紫式部がにっこり笑いかけると、小少将の君は安心したように軽く頭を下げて戻っていく。

納得いかないのは道長だ。

「中宮さまからおぬしがお召しとは、何かあったのか」

「さあ。左大臣さまと同じで『源氏物語』の催促かもしれません」

「それなら、私に聞けばいいではないか」

「あくまでも仮の話ですよ」

道長が不満そうにしている。

「先ほどおぬしは『聞いています』と答えていたではないか」

「そう言わなければ、小少将の君にあれこれ詰問なさっていたでしょう？」

「む……」

「小少将の君は見てのとおり、身体も小さくおっとりしていて、誰かから悪口など言われようものなら、そのまま儚くなってしまいそうな方。左大臣さまに問い詰められて気鬱になったなどと知れたら、叔母である鷹司殿《たかつかさどの》さまが悲しまれましょう」

「む、む、む――」

鷹司殿とは、道長の妻の倫子である。

妻の名を出されると、道長は弱かった。

道長の方が年下だから、というだけでは説明できない。倫子が、どれほど献身的に彼を支えてきたかがわかるというものだった。

少し意地悪が過ぎたかな、と思うが、小少将の君は紫式部にとって数少ない――というかほとんどいない――友人のひとりであり、同じ局で寝起きする仲。道長によって傷つけられてはたまらないと思っていた。

「そういうことでございますので」

と紫式部が頭を下げると、道長は悔し紛れのようにこう言った。

「いろいろ忙しくなるが、『源氏物語』は頼むぞ」

「はい」と、一応答えておく。

「身分が低い更衣がいじめに遭って命を落としたり、源氏が女と契ったのに行き違いで翌日はその継娘と契ってみたり……ありそうだけど、そこまではないだろうという実に読み応えのあるところを、おぬしは考えつくものよ」

「畏れ入ります」

「雨夜に宿直《とのい》をしながら若い貴族たちがこれまでの女の話をするなども、生々しい書き方だよ。どこで調べてくるのかね」

「秘密でございます」

道長が局から出て行くと、紫式部はゆっくりと彰子のところへ向かう。

もし、このとき紫式部が『源氏物語』の構想が胸から溢れて筆の止まるときがなく、彰子のところへ行かなかったとしたら、以後の有り様はずいぶん違ったものとなっただろう。

紫式部がこの日このとき、物語に倦《う》んじ果てていたことが、多くの人の人生を変えることになったのだから、運命を超えてある御仏の智慧とは、計り知れないものである。

簀子に出た途端、刺すようなまぶしさを感じて紫式部は目を細めた。

藤壺の母屋は、いつもゆったりした空気が満ちている。

この藤壺の主である彰子の心根がそうさせるのだろう。

母屋の広さは東西五間、南北二間で、四方に庇《ひさし》があった。東側の簀子から、天皇の居住空間である清涼殿《せいりょうでん》へ行くことができる。

内裏において、天皇と后が夜をともにする場合は、后が天皇のもとへ行くしきたりだったこともあり、このような位置にある飛香舎たる藤壺は、弘徽殿《こきでん》に次ぐ重要な殿舎と近頃はされていた。

「む、紫式部、参りました」

小さく告げ、頭をかがめて母屋に入る。

声が少し裏返っていた。

局を出ると、やはり気持ちが小さくなってしまう……。

「待っていましたよ」

と若く、やわらかな声が出迎えた。

中宮彰子の声である。

紫式部は頭を持ち上げた。

彰子付き女房たちがずらりと並んでいる。

かつて彰子が入内したときには、女房四十人、女童六人、下仕六人をつけたという。この九年の間に病気や結婚で内裏を去った者もいるが、そのぶん補充され、ほぼその人数を保っている。

そこに、さらに倫子の父の代からの女房で歌人としても名高い赤染衛門《あかぞめえもん》という才女が入り、紫式部も呼ばれた。

彰子のいる藤壺の女房たちを、単に行儀のよい者たちだけにするのではなく、歌も詠め、物語も語れる才ある者もいるようにして、一条天皇に彰子への興味をますます強めてほしいという、道長の目論見ゆえだった。

そんな女房たちだが、ここに全員がいるわけではない。内裏のあちこちで実際に身体を動かしている女房たちは外している。

ここにいるのは、ざっと二十人程度か。母屋の女房たちは碁を打ったり、双六をしたり、おしゃべりをしたり、思い思いに過ごしている。

仕事が一段落して休んでいる者もあれば、ここでこうして彰子のそばにいること自体が務めである上臈女房もいた。

紫式部が入ってきたとき、その場の女房たちがほぼ一斉にこちらを見、すぐにそれぞれの活動に戻った。

なれないな、と思う。

書物と紙と筆に囲まれた自分の局であれば、左大臣・道長を相手にしても対等な口をきく紫式部だが、一歩その局を出るや、顔を伏せて身を縮こませるばかりである。内裏、特に後宮の女房どもは「みな同じ」であろうとする。あるいは「上の立場の自分より他者は下」であるように考える。

だから、母屋でする遊びは碁であり、双六である。漢籍の素読などして干渉するようなことは、間違ってもしない。

ところが、紫式部は双六よりも漢籍のほうがよほど好きであり、落ち着くのであり、得意だった。

彰子に仕える以上、日に数度は彼女のところへ赴くが、可能な限り『源氏物語』の執筆を口実に局に引きこもっていたい……。

その彰子である。

目は細く、やさしい。色白で頰は可憐な桃色。少し控えめの鼻だったが、薄い唇と一緒になると、品があって清げだった。髪はつややかで長く、烏の濡れ羽色。小柄な身体が母屋の奥で小袿《こうちぎ》に包まれている有様は、とてもかわいらしく見えた。

彰子は足を崩して脇息《きょうそく》にもたれている。

お腹がだいぶ目立つようになってきた。このぶんだと秋には出産の運びとなるだろう。

紫式部は伏し目がちに膝行《いざ》り、彰子の面前に進んだ。

「ちゅ、中宮さま、その、お身体のお具合は、いかがですか」

「ありがとう。何も問題はありません」

彰子が言うと、彼女のそばにいた小少将の君が首を伸ばすようにしながら、

「先ほど、お腹の子が動いたんですよ」

小少将の君の言葉に、彰子が愛おしげにお腹をさすっている。

「あ。それは、よかったですね」

紫式部は心から微笑んだ。ああ、本当に母になるのだなと、しみじみ愛おしく思え

る瞬間だ。

紫式部自身、娘をひとり産んでいるのでわかる。

「本当に。悪阻《つわり》もすっかりなくなって」

言葉を挟んできたのは大納言《だいなごん》の君《きみ》。女房名は大納言とつくものの、体つきはそれほどでもない。

それもそのはず、彼女は小少将の君の姉だった。姉妹だけあって顔立ちもよく似ていて、ふたりで笑顔を交わす姿は、こちらも微笑ましい気持ちになってくる。

大納言の君も、紫式部の友人のひとりだった。

「少し紫式部とゆっくり話がしたい」

彰子が言うと、小少将の君と大納言の君が「はい」と答えて、中宮の左右の少し離れたところに腰を落ち着かせる。ここから先はご遠慮ください、とふたりが他の女房を遠ざけているのだった。

どうやら『源氏物語』の進捗の問い合わせで呼ばれたわけではないようだ。

「ふふ。そんな変な顔をしないで。せっかくの品のある顔立ちが台無しですよ」

彰子に言われ、紫式部は耳まで熱くなった。

「も、申し訳ございません」

袙扇で顔を隠したい。

小少将の君がかすかにこちらを振り返り、口の端に笑みをのせた。

彰子が気持ち、紫式部に近づく。若々しい薫香が鼻に広がった。

「そなたに頼みがあるのです」

「え。わ、私に、ですか」

物語を書く以外に自分にできることなどあっただろうかと、いぶかしく思いながらも、彰子にそのように言われれば、心がうれしくなるのが人の情というものである。

「もうすぐこの藤壺を下がり、左大臣の土御門第に行くことになるでしょう」

「はい」

出産のための準備である。

「此度《こたび》の出産につき、紫式部に記録をとってほしいのです」

予想していなかった言葉に、紫式部はとっさにどう反応していいかわからなくなった。

「記録、ですか」

「堅苦しく考えないで大丈夫。紫式部が見聞きしたことを、日記のように書いてくれればいいから」

「はあ」

「これまで、后の出産について、男性貴族が書いた日記では記されていましたが、肝心の女性の立場からの記録が心許《こころもと》ない。それを読むのは、次のお産のときの私かもしれないし、百年後の后かもしれませんが、后の出産について、女性が記録したものを整えてほしいのです」

「よく理解できました。承ります」

彰子がほっとした表情を見せた。

何人かの女房が入ってきた。赤染衛門もいる。膳を持ち、「中宮さま」と、赤染衛門がそこに乗っていたかなまりを渡した。

「ありがとう。——紫式部にも」

「はい」と、赤染衛門が紫式部にもかなまりをくれた。

「あ。畏れ入ります……」

驚いたような声が出た。

年齢も女房勤めの年数も遥かに上の赤染衛門にそのようなことをされて、紫式部は身が縮こまる思いだった。

その赤染衛門はにっこり笑って、大納言の君たちにも同様にかなまりを配っている。

驚きの声を上げた理由は、他にもある。

かなまりの中に入っていたのが削り氷だったからだ。

氷自体珍しく、何より手にすると冷たい。

葛を煮詰めて作ったあまづらをかけまわしている。

滅多に食べられるものではない。

彰子が口をすぼめるように小さく匙《さじ》を使う。紫式部も匙を動かしてみた。

口の中に涼風が吹き抜けたようだ。汗が収まるだけでなく、甘い味がむしろ身体に沁みるようである。

たまには自分の局から出てみるのも悪くないなと思っていると、彰子がさらに続けた。

「出産の記録の件とは別で、紫式部に頼みたいことがあるのですが」

「何なりと」

削り氷で気分がよくなっている。こんなすてきなものをくださった中宮の願いを叶えなかったら、罰が当たるというものだ。

「紫式部。私に漢籍を教えてほしいのです」

「漢籍――でございますか」

紫式部は己の耳を疑った。削り氷の匙が止まる。けれども、彰子は「はい」と、きっぱりうなずき返した。

削り氷一椀にしては、少し大事になりそうな予感がした。

けれども、中宮がこのように自らの意志を明確に表現するのは、見たことがない。

紫式部は戸惑った。

漢籍に通じるのは男性の学問の道。それがこの時代の常識である。独り言で漢詩を口にするような紫式部のほうが異端なのである。

その異端さゆえに、出仕してすぐに居所を失ってしまったのも紫式部だった。

さらに言えば、その異端さを隠蔽するために、他の女房――大納言の君と小少将の君のふたり以外――と一緒にいるときには、漢字の「一」も読めない振りをして、日々をやり過ごしているのだ。

彰子は声を低くした。

「そなたに反発する気配がある女房は、母屋の向こうに遠ざけていますから、安心してください」

「は、はあ……」

しかし、内容が内容である。紫式部は無礼にならない程度に、もう少し近づいた。

彰子が重ねて言う。

「少し前から考えていたことなのです。ちょうど悪阻も落ち着きましたし、お願いしたいのです」

予想外のことに多少混乱したが、紫式部の頭が回り始める。

「あのぉ。本当に中宮さまですよね？　悪阻で心身ともにお疲れになって、もののけ、生霊の類いと入れ替わっているとか……」

少し向こうで、大納言の君が吹き出している。

「ぷっ。紫式部、それはひどい……」

紫式部はまた顔が熱くなった。そのくせ、冷や汗まで出てきた。

けれども、彰子は明るく返した。

「あらあら。それでは密教僧の読経を聞いたら、私、のたうち回るかもしれませんね」

「……ご冗談ですよね？」

とても対処に困る。

「ふふふ」

紫式部は額の脂汗を拭う。

どういうことなのだ。彰子というのはもっとおっとりしていて、いわゆる姫さまらしい姫だったはずなのに。

こんないまめかしい顔を見たのは初めてだ。

「いまめかしい」というのはとても嫌らしい言葉だと、紫式部は思っている。現代風だ、当世流だと受け入れる一方で、昔ながらの伝統や価値をないがしろにしているという、背中合わせのような意味を、ひとつの言葉に封じている。

この言葉を使った側がどちらの意味で使ったかは、使われた側には判然としないのだ。


この「いまめかしい」という言葉を贈られた后がいた。

いまから八年前の長保二年に二十四歳の若さで崩御した皇后・藤原定子《ていし》である。弘徽殿北側にある登華殿《とうかでん》にいた彼女は、一条天皇より三歳年上であり、彰子が入内したときには、すでに九年ほど天皇の后として生きていた。

定子はまさしく、いまめかしい女性だったという。

明るく、表情豊かで、才気走るような人物や会話を喜んだ。

しかしそれは、ひとり定子だけがまるで流れ星のように登場したわけではない。定子の両親にその源流はあった。

特に母親の影響が大きかっただろうと、紫式部は思っている。

定子の母は、高階貴子《たかしなのきし》という女性だった。

貴子の父・高階成忠《なりただ》は学識が高く、特に漢才をもって朝廷に仕えた。この点、成忠は紫式部の父・藤原為時と似ている。

似ていないのは、その性格だった。

あるいは切れ者すぎたのかもしれない。

いずれにしても、成忠は常識の枠内に収まらない考え方をしたようで、その成忠の学識とものの見方が娘の教育に注がれたときに、女であっても自ら身を立てよと、漢学のすべてをたたき込むことになった。

男など頼るな。結婚もしなくていい。父の授けた学問で生きていけ。

そのように鍛えられた貴子は、一条天皇の先々代である円融《えんゆう》天皇のときに、女房ではなく、後宮を取りまとめる女官のひとりとして出仕し、円融天皇に漢才を愛でられ、掌侍《ないしのじょう》となる。

大抜擢と言ってよかった。

もとより詩歌をよく詠んだ貴子は、男でもそうそう呼ばれない殿上の詩宴に呼ばれ、本格女流漢詩人として評価されていった。

このような貴子であり成忠だったから、結婚など考えていなかったのだが、その潔いまでの生き方に、藤原摂関家の藤原道隆《みちたか》が逆に惚れ込んだ。

当然、成忠は不快だった。

だが、熱心に通う道隆の、後朝に帰る背中を見て、「この男は必ず大臣になるだろう」と翻然と思うところがあり、ふたりの仲を認めたという。

そんななれ初めの両親のもとに生まれた定子である。

見た目も華やかで、目鼻立ちのくっきりした姫だったという。

貴子は当然ながら、自らの漢才その他の教養のすべてを惜しみなく授けた。息子の伊周《これちか》と隆家《たかいえ》にも同様である。

やがて、定子は一条天皇の后として入内する。

ときに一条天皇は十一歳。定子は十四歳だった。

このくらいの年齢の三歳の年の差は大きい。年上の妻の美しさと、こぼれ出る教養の華々しさが一条天皇を魅了したことは想像に難くない。

紫式部はもう一度、彰子に尋ねた。

「中宮さま。何故に漢籍を学びたいと思し召しですか」

彰子が脇息にあらためて身体を預ける。どこから話し出そうかと思案するようだった。

「私は――主上をお支えしたいのです」

「はい」

それはわかる。しかし、どうして漢籍なのだろう……。

すると、不意に彰子が苦笑した。

「少しそなたには嫌な話になるかもしれません」

「かまいません」

「――そなたが出仕した年に遡ります」

「あ」

紫式部は、また妙な汗が出た。

いまから三年前、寛弘二年十二月大晦日という異例の日程で紫式部は出仕を始め、数日後には新年のどさくさに紛れて実家に戻り、以後五カ月ほど出仕を拒んだ。汗顔の至りとはこのことである。

彰子はくすりと笑った。

「寛弘二年十一月、そなたが出仕する少し前です。主上の意向を受けて、敦康《あつやす》のために読書始をしたのです」

敦康とは、一条天皇の第一皇子であり、母親はいまは亡き皇后・定子だった。

思えば、敦康親王は数奇な運命を背負っていた。

生まれた頃には祖父である中関白《なかのかんぱく》・藤原道隆は既に鬼籍にあり、伯父となる藤原伊周は道長を呪詛《じゅそ》したと疑惑をかけられ失脚。後ろ盾が極めて不安定になっていた。

しかも敦康親王が生まれた日は、彰子の女御《にょうご》宣下と同日だった。

誕生翌年には二歳にして親王宣下を受けたが、同年末に定子が崩御する。

敦康親王は、姉や妹の内親王とともに定子の末妹に養育されたが、その末妹も程なく没してしまう。

そこで、一条天皇が敦康親王の養育を内親王たちとは切り離し、まだ子がなかった彰子に委ねた。

以後、敦康親王は藤壺に引き取られ、彰子が育てている。

これには道長と倫子も協力し、とくに倫子は藤壺へ足繁く通っては、彰子以上に敦康親王の養育を引き受けてくれた。

それから五年。

敦康親王は七歳、彰子が十八歳のときに、いま彰子が話題にした読書始が、中宮御在所である藤壺で行なわれた。

「私の出仕前ですから、詳しくは存じ上げないのですが、小少将の君などから聞いた話によれば、主上も密かにお渡りになられたとか」

彰子が、水と氷になってきた削り氷を口に運んでから答える。

「ええ。読書始はここで行なわれ、私はもちろん、後見でもある左大臣どの、それから敦康親王家の別当（長官）である藤原行成《ゆきなり》どのもいましたから、主上がお渡りになるとなれば、さらに大がかりになるからと、あくまでもたまたま立ち寄ったという形をとりました」

そうは言っても、かわいいわが子の晴れ姿でもある。漢籍を講ずる係の者も、一条天皇のいる御簾《みす》から敦康親王が見えやすいように配慮しただろうと紫式部は想像した。

このとき、紫式部は彰子の目の中に、間違いなく母としての光を認めた。

ただの養子だとか、天皇の皇子だから仕方なくとか、あるいは后として天皇の寵を競い合うべき相手の遺児だからとか、そのような意地悪い魂胆は皆無だった。

そういえばいま、敦康親王はこの母屋にいないが……。

「きっと、ご立派だったのでしょうね」

もともと巧言令色《こうげんれいしょく》と無縁な性格の紫式部であり、彰子の御前でとなれば、そのくらいの言葉を絞り出すのが精一杯だった。

その性格を知っている彰子は、静かに微笑み、続ける。

「敦康は立派でした。母として、本当に誇らしく思いました。けれども――」

「はい」

「私が私を嫌になってしまったのです」

「それは――？」

珍しく彰子が暗い表情を見せた。

「そこで講じられた漢籍の内容が、私にはさっぱりわからなかったのです。それがひどく悔しくて」

「ああ……」

紫式部は、思わず顎をそらせるようになってしまった。

仕方がないと言えば仕方がないのだ。

先にも触れたとおり漢籍は男性の教養であり、女性が手を出すものではないというのが普通なのだから。

おそらくは、これまで歴代の親王の読書始も、同席の母后の多くはいまの彰子と同じく、講義の内容などまったくわからなかったはずだ。

ただ愛しいわが子の成長に目を細め、その行く末を祈っていたに違いない。

しかし、彰子はいま「漢籍を教えてくれ」と言ってきたのだ。

これは、彼女の中で何かが変わっていこうとしている兆しなのだというのは、紫式部にも直感できた。

それは彰子が人間として変わろうとしているだけではない。

これまでの后たちよりも踏み込んだ何者かになろうとしているように思えた。

彰子は、脇息にもたれる姿勢を少し動かす。

「敦康と競っているわけではないのです。ただ、私もこの年になってきましたから、多少は本を読むようになりました」

もちろん、漢籍ではない。

女性が手を出す書籍としては、まず『万葉集《まんようしゅう》』『古今和歌集《こきんわかしゅう》』といった歌集があり、日記があり、『竹取物語《たけとりものがたり》』『伊勢物語《いせものがたり》』のような物語がある。

歌集は教養として、半ば学びを兼ねて読むものだったが、日記や物語は楽しみとして読むことが多い。

そのため、物語は一段低い文芸作品だと思われていたのも事実である。

ゆえにこれまでの物語は、男性の目線で書かれた内容ばかりであり、恋物語も男性の見方によるものがほとんどだった。

紫式部がごく内々の楽しみとして物語を書き始めたのには、そんなもどかしさもあった。

同じように考える女性たちは意外に多く、少人数の仲間うちで物語を書いて回し読みしたり、文通の手紙の中に物語を入れたりしながら、感想を言い合うような楽しみが生まれていた。

その中で、すぐれた作品は仲間の輪を離れて書写され、世に広まっていく。

紫式部の『源氏物語』は、まさにそのようにして世に広まっていった。

日記においては、男性と女性の入り交じり方はもう少し複雑になる。「男もする日記というものを女もしてみようと思う」と、まるで女の振りをしたかのように書き出された紀貫之《きのつらゆき》の『土佐日記《とさにっき》』があり、「これまでの物語などすべて世迷い言だ」と切って捨て、「ゆえに人ならぬ身の自分が自分の話を書き記してもよいではないか」と筆を執った、藤原道綱母《みちつなのはは》による『蜻蛉日記《かげろうにっき》』があった。

「中宮さまが日記や物語を手に入れると、大切に読まれていること、私ごときでも存じ上げております」

「どれも内容がとてもおもしろかったから、というのもありますけど……。裳着を済ませてすぐに入内した私には、それらの日記や物語を通して、初めて人を知り、世間を知ったのです」

「ああ……そのようにして――」

物語の登場人物は現実の人間ではない。しかし、人の一面はある。

だから、人は物語に共感し、心を動かされ、ときに笑い、ときに涙するのだ。

彰子は父の言うがままに入内したものの、まだ身も心も幼く、どうしていいかわからない。

子をなせと言われても、入内したばかりの彰子の四肢は細く、身体もまだ女童の薄い肉づきをそのままにしていたことだろう。

気がつけば女御、中宮となっていったものの、一条天皇を支えるどころか、満足させることができないもどかしさと葛藤は、きっと誰にも言えぬ心の澱《おり》として、彰子の中に溜まっているだろう。

そこからの脱却はふたつしかない。

経験を積むか、知識を学ぶかだ。

だが、経験を積んでいる余裕などない。知識も手に入れられるものは限られている。その限られた知識の源として、彰子は日記を読み、物語を読み、活用しようとしていたのか。

「言うまでもなく、物語も日記も、誰かに何かを教えようとして書かれたものではないことは私もわかっています」

「はい。特に物語はあくまでも楽しみのために書かれます」

かつ、空想と妄想の境を表現したものであり、だから低く見られているのだが。

彰子は小さく笑った。

「ふふ。でも、そんな低く見られがちな物語を、男性も読んでいるのを知ったときには少し驚きました」

「たしかに」現に、彰子の父である道長は『源氏物語』の愛読者である。「何だかんだ言っても、男性も気の抜ける物語は読みやすくてよいのでしょう」

「けれども、不思議と物語に出てくるお話に、身分は違っても自分も同じような考え方をしているのに気づかされたり、この振る舞いは正しかったのか、他にやりようがあったのではないかと考えさせられたりするのです。日記も同じで、とても勉強になりました」

「たしかに漢籍には、人の心や世の中の道理について、もっと深く学べるところはありますが……」

言いながら、紫式部は的を外している感じがしていた。人間や世間を学ぶだけなら、読書始で漢籍がわからないからと悔しがるところまではいかないだろう。

彰子は何を求めているのだろう……。

「紫式部が書いた『源氏物語』、私はとても好きです」

「もったいないお言葉です」

いきなり褒められて、紫式部はひどく恐縮する。

「お世辞でも何でもありません。主上も気に入っていらっしゃいますし、たぶんこの内裏でもっとも読まれている物語でしょう」

「は……」

言葉が出てこない。またぞろ変な汗が出てくる。

すると、彰子が言った。

「物語以外では、いま内裏でもっとも読まれているものに、そなたはどのようなものを思い浮かべますか」

その問いに、紫式部は背筋が伸びる。

額の汗をさりげなく拭うと、「『枕草子《まくらのそうし》』ですね」と答える。

彰子は複雑な笑みでうなずいた。

それは定子の女房のひとり、清少納言《せいしょうなごん》と呼ばれていた女性が書いたものである。

『枕草子』――。

物語ではない。

日記でもない。

もちろん漢籍ではない。

季節について思うところがまず書かれているが、やがて筆は違う方向へ行く。

いくつかの言葉を書き連ねただけの箇所があったり、反対に、積善寺《しゃくぜんじ》供養についてひどく長く書かれた箇所があったりする。

一貫して書かれているのは、定子の思い出である。

定子が笑い、定子が語りかける。そこにいるのは、両親の薫陶により類い稀な教養と機知に富む、ひとりの后の姿である。

父の道隆が亡くなって後ろ盾を失い、兄の伊周は陰謀を企てたとされて追放され、それに心を痛めて、あれほど定子をかわいがってくれた母も亡くなってしまう。

ひとり残された定子は世の無常に心を痛め、出家をする。

一条天皇に請われた定子は、出家の身でありながら再び宮中に后として戻り、敦康親王を産む。

だがその翌年末に、二女を産んだあとの産後の肥立ちが悪く、崩御してしまった。

『枕草子』には、このような定子の晩年の悲しみや世の無常はほとんど書かれていない。

そこにあるのは、漢籍や歌の知識を愛し、同じように才ある女房たちに囲まれて、常に笑い声が絶えない、定子のいた登華殿の様子だ。

総じて明るく、短い文章からなる『枕草子』は、読みやすい。

男性たちも読んでいる。

肩の凝らない、読みやすい『枕草子』に描かれた定子の華やかな思い出は、否応なくそれを読んだ者の心に甦る。

清少納言は自分の心の慰めとして、明るく楽しかった思い出ばかりを主として綴ったのだろうが、思わぬ置き土産を宮中に残すことになった。

「あの頃はよかった」という人々の感慨である。

彰子は母屋を見渡して、続けた。

「私の女房たちはどこか堅苦しく、それでいながら気位は高いとか、どこか古めかしいとか、地味だとか、陰で主上付き女房や女官たちから言われているのは知っていました」

「ま、まあ……」

「それを父が気にして、赤染衛門やそなたを女房に呼んだことも」

「と、とんでもないことでございます」

地味というなら、紫式部は人後に落ちるつもりはない。

「ただ、私にはその意味がそもそもわからなかったのです。なぜなら、私にとって女房たちというのは、ここにいるみな以外にはいなかったから」

初めての女房たちであり、唯一の女房たちだったから、彰子には比べるものがなかったのだろう。

「はい……」

聞くとはなしに聞いていた小少将の君が、小さくうつむいている。自らを責めているのだろうか。そんなこと、しなくていいのに……。

「こんな頼りない私を、ここまで支えてくれた女房たちに感謝はつきません」

「もったいないお言葉だと、みな受け止めましょう」

「ありがとう。けれども、『枕草子』を読んで私はわかったのです」

いまのこの内裏の人々が当然と思っていた女房たち、後宮の殿舎のあり方がどのようなものだったのか。

「あの頃はよかった」と、貴族たちがささやきあっていた「あの頃」とは、どのようなものだったのか。

さらに、后とはどのようにあるべきなのか。

漢才と詩歌の才に自らも恵まれ、同じようにそれらの才を持つ女房たちをまとめ上げ、伸びやかに軽やかにみせながら、一条天皇を支えてきた定子の横顔を、彰子は見たのだ。

紫式部は、ふと苦笑いを浮かべた。

「中宮さまの前で申し上げにくいことなのですが、私自身は『枕草子』が好きではありません」

「あら。……ああ、でも、たしかにそうでしょうね」

と彰子も苦笑した。思い当たる逸話を思い出したらしい。

それは『枕草子』の「いとあはれなるもの」という話に、「本題には関係ない話」として付け加えられた内容である。

紫式部の夫・藤原宣孝《のぶたか》がかつて熊野《くまの》の御嶽詣《みたけもうで》をしたとき、「神は質素な装いで詣でよとはおっしゃっていない」と、息子——紫式部とは別の妻との間の子だ——とともに、わざと派手な衣裳で参詣したところ、珍しくて怪しいとじろじろ見られ、みな驚きあきれていたとまで記してある。任官の願いはかなったが、と付け加えられているが、紫式部はこれを読んでおもしろく思わなかった。

死んだ夫は任官に苦労した。それを知っている人が見れば、夫が任官のためになりふり構わぬ振る舞いをする人物のように見えるのではないか。

宣孝が生きているうちならば、「これこれの事情があって」と言い訳もできようが、死んだいまとなっては反論の余地もない。

「清少納言は得意そうにあれこれ書き散らしていますが、漢字などいまいちなところも多い。あれも雅これも雅と、中身のないものまで持て囃す空っぽな人」

彰子は「手厳しいのね」と笑ったが、咎《とが》めはしなかった。

いまのは紫式部の本心でもある。

『枕草子』はゆかいな書物だ。

気楽に読めるだろう。肩も凝らない。

人生の楽しい面を書いてくれている。疲れたときにはいいだろう。

けれども、現実はその反面だけしか知らない人間に容赦はしない。

釈迦大如来《しゃかだいにょらい》が説いたように、人生は苦である。

人間が喜びと感じるものが、どれほど苦しみの種となることか。

生まれる苦しみ。老いる苦しみ。病の苦しみ。死ぬ苦しみ。

さらには愛する者と別れ、憎しむ者と出会い、煩悩の炎は消えず、求めしものは手に入らない。

だが、苦は仏智から見れば魂を磨き、悟りへのよすがともなる。それらを放棄した『枕草子』は現実逃避のまやかし、空っぽだ。

『枕草子』は消えない思い出ではなく、失って心が泣き叫んでいる女童の繰り言だと思っている。悲しくて痛々しくて、読めない。

禍福はあざなえる縄のごとし。だから、紫式部は人間の喜びと悲しみが隣り合わせになりながらどこへ行くのかを、物語を通して描きたいのだ。

紫式部は小さく咳払いした。いまは、自分の感慨はこのくらいにしなければいけない。

「――以上のことが、漢籍を学びたいとおっしゃる理由、なのですね？」

「もっと純粋に、いろいろなものを知りたいという気持ちも、日に日に強くなってきているのです。敦康を育てながら、自分は何も知らないことに気づかされて」

紫式部はうなずいた。

ただし、敦康親王を育てているうちに向学心が芽生えた、というほど単純ではないだろう。入内した十二歳の頃と比べれば、体つきも顔立ちも女らしさがまるで違っているはずだ。

女としての成長を通して一条天皇の寵を受け、子を授かったいま、身体だけではなく心も教養もそれに見合う真の中宮にならんとする矜持が彼女の中に生まれたに違いない。

それでも彰子はどこまでも彰子だった。

「私は皇后さまとは違います。私がいくら漢籍を読めるようになったとしても、皇后さまの登華殿の再来はできないでしょう。けれども、私なりに主上を、敦康を、さらには生まれてくる子を支えることはできると思うのです」

紫式部から見れば、それは国母の自覚に思えた。

両手をつき、紫式部は静かに頭をたれる。

「漢籍ご進講の件、承りました」

「ありがとう……」

「このようなものを学びたい、というご希望はございますか」

「紫式部に任せます。何しろ、漢籍には何があるのかすらもよくわからない、初学者ですから」そう言ったあと、彰子は付け加えた。「できれば、主上の喜びそうなものを学びたいです」

「かしこまりました」

「すぐにでも始めたいのですが、できますか」

「す、すぐに、ですか……」

紫式部は言葉を濁した。こんなにお腹が大きくなってきている彰子だ。漢学を始めたところで、すぐにお産になってしまうだろう。

「ええ」

彰子は有無を言わさぬ雰囲気でうなずいた。

「わかりました」どうせ、『源氏物語』の執筆に行き詰まっていたところだ。「今夜から始めましょう」

彰子が楽しげな顔を見せた。

「重ね重ねありがとう。紫式部」

「とんでもないことでございます」

「ところで、どのような漢籍を扱うつもりですか」

　紫式部は、かなまりを両手で包むように持ちながら言う。

「えっと。白居易の『白氏文集《はくしもんじゅう》』から『新楽府《しんがふ》』を扱おうと思います」

「『白氏文集』は人気があり、いろいろな方が読まれていると聞いたことがあります。『源氏物語』の『桐壺《きりつぼ》』にも、白居易が書いた『長恨歌《ちょうごんか》』の話に触れているのは覚えていますよ」

　少し離れて座っていた大納言の君と少将の君の背中にも、「それはどのようなものだろう」との疑問がありありと見て取れる。

「はい。『新楽府』は『白氏文集』七十五巻のうち第三巻と第四巻の二巻にわたる連作です。は、白居易はその序で『これは文学作品ではない』と述べています」

「では、どのような……？」

「白居易の詩は、人々が節をつけてよく歌っていました。そのため、この『新楽府』五十首も同様に歌われたのですが、内容は文学作品ではなく、政治への不満や社会への風刺」

「まあ」

「それらが民の口を通して歌となって、街中から響いてくるのです。つまり、『新楽府』が、まさに民の心を代弁していたからでしょう」

「なるほど。さすが紫式部。いま後宮でもっとも漢才のある女房なだけありますね」

「いえ、そのようなことは決して」高階貴子や定子が存命なら、自分など足下にも及ばないだろう。何よりこのくらいの漢籍の知識を持っている男性なら、官位の高下を問わずごろごろいる。「ただ、この『新楽府』を選んだのは理由があります」

「理由?」

すると紫式部は、自分から振った話題ではあったが、やや違う方向から答えた。

「私の父・藤原為時は従五位下の官位ながら、花山院《かざん》が落飾《らくしょく》なさる前に、何度か漢籍について講義申し上げたことがありますので」

天皇たるものが学ぶべき漢籍とはどのようなものがあるのか、紫式部は父から伝え聞いていたのである。

彰子は満足げに笑った。

「申し分ありません」

「は。畏れ入ります」

「今夜からですよ?」

彰子が再び脇息にもたれる姿勢を変える。彼女の話は終わったようだ。

紫式部は、このやりとりのだいぶ前から気になっていたことを聞いてみることにした。

「あのぉ。ひとつ教えていただきたいのですが」

「何かしら」

「漢籍を学ばれることについて、その、左大臣さまはご存じなのですよね」

場合によっては、道長が娘に学ばせたい漢籍があるかもしれない。

すると、彰子はいままでとは違う目の細め方をした。

「さて。宰相《さいしょう》の君、どうだったかしら」

彰子が少し離れたところの宰相の君に問う。彰子付き女房には宰相の君がふたりいるが、いま声をかけられた宰相の君は、『蜻蛉日記』を書いた藤原道綱母の孫娘であり、彰子とは従姉妹でもあった。絵に描いた姫君のような愛らしい顔をしている。

「さあ……。中宮さまの悪阻がひどいときに、そのようなお話があったような、なかったような。ねえ？　大納言」

宰相の君が極めてわざとらしく大納言の君に振る。

「そんな気がしますねえ」

「そうでしたねえ」

と、宰相の君に相づちを打ったのは小少将の君だった。

もしかして、道長に無断で漢籍を学ぼうとしているのか。

紫式部は眉をひそめた。裳着をして形式的に大人になるや父の意向で入内し、今日に至るまで彰子は自分の意見らしい意見を道長に言ってこなかったように思う。

それが急に漢学を学ぶことを、道長に無断で進めようとしている。

ふと見回せば、結構な数の女房たちが含み笑いをしながら、こちらにうなずいていた。

もしかして、何か企んでいる？

たかが書籍を読むことくらいではないか、と言ってしまえばそれまでだ。

しかし、宰相の君らのいかにもなしらばくれ方と他の女房たちの含み笑いが、かえって不安になる。

中宮さま、と紫式部が重ねて質問しようとしたときだった。

「母上。もうお話は終わりましたか」

敦康親王が母屋へやってきた。後ろには祖母代わりである彰子の母、源倫子がにこやかについてきている。

紫式部は質問をのみ込み、平伏した。

「ええ。終わりましたよ」

彰子が母の顔になる。

「母上。双六をしましょう」

「あらあら。では紫式部も一緒にしましょう。紫式部もおっかなびっくり双六を始めた。

彰子にそう言われては仕方がない。紫式部もおっかなびっくり双六を始めた。

道長に黙って漢籍を学び始める。

このごく些細な出来事の奥に、彰子があれほど巨大な願望を秘めていようとは、このときの紫式部はおろか、藤壺の女房の誰もが実は知らなかったのである。


寛弘五年七月十六日、中宮彰子は出産の準備のため内裏を下がり、父である左大臣藤原道長の私邸である土御門第へ入った。

出産はときとして死という最大の穢《けが》れを招く。宮中に穢れがあってはならないから、里下がりは必然とも言えた。

懐妊から八カ月。秋の出産に備えての準備は着々と進んでいた。

当然、女房たちもついていく。

左大臣・道長は事実上、政の頂点にいる男。邸もそれに見合ったものを作り上げていた。

それどころか、規模が尋常ではない。

左京一条四坊十六町にあって、上東門に至る土御門大路に面しているためにこの名で呼ばれるが、数年前に十五町へ拡張した。都合、二町。一町は方四十丈（約一二〇メートル）だから、大変な広さである。

だからこそ、女房たちをまるごと引き連れてやってきたところでびくともしない。

建築においては最新の寝殿造《しんでんづくり》を用いていて、贅をこらしたという意味では内裏よりも甚だしい。しかも、『源氏物語』の作者・紫式部には異例の好待遇で、敷地内に彼女ひとりの邸をぽんと作ってしまってくれている。執筆に専念できるように、とのことではあるらしい。

とはいえ、紫式部もいまはそれどころではない。

にもかかわらず、土御門第に着いて早々、紫式部は道長から呼び出された。

「紫式部。ここのところの調子はどうだ？」

自らの邸の母屋らしく、着慣れた狩衣《かりぎぬ》で脇息にもたれ、くつろいでいる。

「お気に留めていただき、ありがとうございます。おかげさまで大過なく……」

紫式部は先日来、道長から話しかけられるのが苦手になっている。

もともと得意ではなかったから、ますます苦手になったと言うべきか。衵扇で顔を隠せるのがありがたい。

道長が、彰子の漢籍学習をどのように考えているか――そもそも知っているのか――が、まったくわからないからだ。

下手にばれてしまって、彰子から漢籍を取り上げるようなことになったらかわいそうだし、初めてのお産にどんな影響が出るかわからない。

出産というものは、男性たちが考えるよりもよほど繊細で大変なものなのだ。

そんな紫式部の気持ちにおそらく気づいていないであろう道長が、言った。

「実はな、今回の出産について詳細な記録をとっておきたいのだ」

「そういうことでしたら、たぶん、正二位《しょうにい》権大納言《ごんのだいなごん》・藤原実資《さねすけ》さまとか行成さまとかのほうが適任ではありませんか」

藤原実資は道長より年長で、本来であれば藤原北家《ほっけ》の本流の家柄なのだが、政治的実権を同じ北家の九条流《くじょう》――道長もこの家柄に属する――に奪われてはいる。

しかし、父祖伝来の財や所領などは目を見張るものがあり、中でも特筆すべきは藤原家、あるいは律令政治の智恵の結晶とも言うべき日記を保持していることがあげられた。

朝廷は天皇や大臣の恣意で動いているのではない。

そういう面がないとは言い切れないが、国の根本には律令という法がある。

しかし、律令は条文が少ない。そのため、個々の事例にどのように対応させるかは、過去の判断例を踏襲する場合が多い。

その判断例は、藤原実資に連なる血筋の人々が日記の形で残してきた。

ゆえに、律令の運用ではっきりしないところは、実資がその知識に基づいて裁定する。

実資自身、細かなことまで日記に記しているのだから、中宮の出産ともなれば必ず記すだろう。

そのような家系を「日記之家」と称した。

日記之家の主として常に日記を記しながら生きてきた実資は、道長の実力を認めつつも、ときとして権力に向けてもっとも短い道を駆けようとする姿を嫌っているところもあるとか……。

また、紫式部がここであえて道長の話をことわるような受け答えをしたのには、もうひとつ理由がある。

藤壺にいたとき、すでに彰子から出産の前後について記録をとっておくようにと命じられている。

それなのに、どうしていまここで道長があらためて同様の申しつけをするのか、気になったのだ。

「実資どのは……まあ、日記をつけるだろうし、実直な方だから丁寧に書かれるかもしれぬが……そういうのが欲しいのではなくてな」

「………」

これはもしかして……。

彰子の下命と道長の命令は、すりあわせをしないままに偶然、重複したもののようだ。

つまり、先日の彰子の下命も、道長には内緒だったのではないか。

紫式部はぼうっとした表情を作った。ここは藤壺の局でもなければ、自分の邸でもない。いろいろ気後れする。それをありのままに顔に出しただけだ。

道長が丁寧に説明を始めた。

「今回の出産で皇子が生まれれば、それは主上となるかもしれぬ子が生まれるということで、わが家の繁栄を揺るぎないものとしてくれよう。そのようなまたとない出来事ゆえ、記録し、後々にまで伝えていきたいのだよ」

「そういう、ことでしたか……」

やはり、彰子とすりあわせている様子はない。

かしこまりました、と答えると、道長は足早に去っていった。

彰子は、自分を含めての後々の后のためにと言っていた。

道長は、自らの繁栄の大いなる記念碑として記録を求めている。

紫式部としては、命じられればどちらもこなすしかないのだが、できれば彰子のような考えのほうがなじみやすい。

いや。問題はそこではない。

彰子が道長に内緒で何かを進めようとしている。

出産の記録。

漢学。

どちらも些細なことかもしれない。

しかし、何か大きな流れにつながっていきそうな予感がするのだ。

あたかも小さな清水が集まりあって、鴨川《かもがわ》のような川になっていくように。

その鴨川は絶え間なく流れ、川音は耳の底から離れない……。

土御門第に入って心身をくつろげ、ゆったりとしたお産に備えるのが目的だったのだが、思ったよりも騒々しいなと紫式部は思った。

上達部《かんだちめ》や殿上人《てんじょうびと》たちが入れ替わり立ち替わりやってくるのだ。

ときには道長の息子、三位《さんみ》の君《きみ》などと呼ばれることもある藤原頼通《よりみち》が、女房たちのところへ顔を見せては世間話をしていった。

頼通はまだこれほどの数の女房となると手に余るのか、どこかぎこちなくしていたけれど、やはり道長と血は争えぬものだと思った。

道長自身も、暇に任せてぼんやりしているなどということはなく、随身を引き連れて遣り水の手入れをしたり、女郎花《おみなえし》を紫式部に送りつけては、歌を詠んでみせよとからかってくる。

その間も、不断の読経がやむことはない。

当の彰子といえば、初めてのお産で緊張しないわけはないのだが、側近くの女房たちがとりとめのない話をしているのを、いつものようにゆったりとした雰囲気で聞いていた。

お腹もだいぶ大きくなって大儀そうなのに、平静をよそおっているのである。

『新楽府』の進講はいまも続けている。

周囲の者には「寝る前に物語を読み聞かせている」とことわって、この時間を確保していた。

進捗は決して早くない。

彰子が愚鈍だからではない。

むしろ逆である。

前回の講義に対して、彰子なりに考え、別の解釈ができないか、この場合ならどう読めるのかといった疑問を準備してくるのである。

前回の振り返りだけで終わってしまった日もあった。

「今宵はこの辺にしておきましょう」

紫式部が止めると、彰子が意外そうな顔をするのもしばしばだった。

「なぜ？　まだ新しいところに入っていないのに」

「もう夜も更けました。ゆっくり眠りませんと、お腹の子にさわります」

「あ……」

紫式部は伏し目がちに微笑んだ。

「おやすみください。中宮さま」

「そうね。そうさせてもらいます」

「おやすみなさいませ」

さほどに向学心のある女性を、紫式部はこれまで知らなかった。

もし、自分もこれほどに漢学を修めようという熱意を見せていたら、父の気持ちも変わっただろうか……。

紫式部は心の中で自嘲した。

ばかばかしい。過去のことだ。

ただ、いまは思う。

彰子のような方こそ、自ら探し歩いてでもお仕えすべき方なのだ、と。

そんなふうに思うと、自分の諸々の憂いが心から消えていく心持ちがして不思議だった。

紫式部が下がろうとすると、彰子が呼び止めた。

「少し待って」

「は、はい」

すでに愚鈍な女房振る舞いに戻りかけていた紫式部は、息を詰まらせた。

「これを渡しておきます」

そう言って彰子は文箱《ふばこ》から小さな紙を取り出した。漢字がいくつも書き付けてある。

「これは――？」

「以前、敦康の読書始のときに取り上げた内容と、そのときに敦康の伯父になる藤原伊周どのが作った漢詩です」

「…………」

紫式部は一瞥《いちべつ》して手が震えた。

親王の読書始の内容を教えてもらった感動ではない。

この漢詩に込められた悪意を、紫式部の才は容赦なく読み取ってしまったのだ。

彰子はそっと笑った。

「私の知識ではまだわからないところが多いのです。出産が終わったら、ここに書かれている内容について教えてくださいね」

「……はい」

それしか答えられなかった。

それ以上言ってしまったら、泣いてしまう。そんな内容だった。

どうしてこんなにも、人は人に悪意を向けられるのか。

どうしてこの人に、こんな悪意が向けられなければいけないのか。

この人はそれを自ら知りたいという。

悔しくて悲しくて。

紫式部は局に下がるとひとり、声を押し殺し、床板に爪を立てて、中宮のお産の安らかなることを祈り、涙した。

八月二十日を過ぎた頃からは、上達部や殿上人たちのうち、しかるべき者たちが土御門第で内裏のように宿直するようになった。

いよいよお産が近づいてきたという緊迫感が感じられるのだが、それよりも見知らぬ男があちこちにいる緊張感のほうが、紫式部の心中の負担になっていた。

橋廊の上や対の屋の簀子など、そんな男たちが仮寝をしたり、遊び事をしたりして夜を明かしているのだから勘弁してほしい。

若い男の中には琴や笛を使う者もいるが、若い男が得意げにしている感じがして、少し興ざめである。

「中宮さまをお静かなところでお護りしたいのに」

小少将の君が涙ぐんでいる。

紫式部は敷地内の自分の邸には戻らず、小少将の君と同じ局で寝起きしていた。

「彼らは彼らで、忠義のつもりなのでしょうけど」

ふたりで衾《ふすま》をかぶりながらも、話題になるのは彰子のことだった。

「遊び心のほうが先に立ってはいませんか」

小少将の君の言い分はもっともだと思った。

一方で、僧たちも読経を競い合うようにしている。

ただただ誠実に不断の読経をしてくれる僧が多いけれども、一部は独特の節をつけたり速さを変えたりして、他と違うさまを見せようとしている僧もいた。読経を褒められて評判の僧となり、貴族の邸に出入りしたいのだろうか。

今様《いまよう》の歌の朗唱が重なる。

笛と経と今様の歌。

どれが彰子の心を慰めているのだろう……。

九月九日の夜。月が冴え冴えと美しく昇っていた。

御簾の下から女房たちの裳裾が簀子の端にこぼれ出ているのもあざやかで美しい。

小少将の君や大納言の君が伺候《しこう》しているのがわかった。

彰子はしばらく物語りなどをしていたが、やがて香炉を使って静かに聞香《もんこう》していた。

「中宮さま……？」

異変に気づいたのは紫式部だった。

彰子が明らかにいつもより苦しげにしている。

陣痛が来たのではないか。

子を産んだことのある紫式部の直感である。

初産だからまだかかるはずだと思い、「お苦しいでしょうが、いまはまだお気持ちを安らかに」と告げて、加持《かじ》の間へ彰子を見送った。

小柄な彰子の初産だ。少し時間がかかるかもしれない。

やっとここまで来られた安心感で、紫式部は不覚にも少し眠ってしまった。

起きたときには大騒ぎになっていた。

九月十日未明、夜が白々と明けてきた頃、中宮御座所のしつらいが浄白に替えられた。

同じく浄白の衣裳に着替えた彰子が、白木の御帳台に入った。

道長や頼通たちも慌ただしく動き回る。

読経の声はますます高くなった。

陰陽師《おんみょうじ》どもの祈禱も切迫する。

お産を邪魔し、あわよくば命を狙おうというもののけどもが、つぎつぎと祓《はら》われ、落とされ、周囲の憑坐《よりまし》の女童に取り憑いては口汚く罵ったり、暴れ回っていた。

「この日のために、力のある僧や陰陽師などはすべて集めている。ご安心なされよ」

道長は彰子に言って聞かせていた。

痛みが引いているときは彰子も穏やかに受け答えしていたが、徐々に痛みの波が大きく強く、何よりも短い間隔になっていくと、さすがに不安そうだった。

丸一日が経った。

彰子がいる御帳台の東面の間に、天皇付き女房たちが参集していた。

西面の間は、もののけが移った憑坐たちが一体一体調伏《ちょうぶく》されている。

南面の間は、高僧たちが重なるよう並び、声を嗄《か》らして読経していた。

残る北の障子と御帳台とのわずかな隙間に、中宮付き女房四十人余りが詰めていた。

紫式部もその中にいる。

いまばかりは引っ込み思案だのなんだの言っていられない。身動きもできず、暑くてたまらないが、彰子の苦しみを思えばものの数ではなかった。

「ああ。釈迦大如来さま。どうか中宮さまとお腹の子をお護りください」

ただただ涙ながらに祈るしかない。

彰子の悲鳴が幾度となく聞こえた。

十一日払暁、院源僧都《いんげんそうず》が安産の願文を読み上げているのが頼もしかった。

道長が彰子の頭頂部の髪を形ばかり剃った。戒を授け、御仏との縁を深めるためだった。

「これで御仏の加護をいただけるのですよね」

小少将の君が、大納言の君に尋ねている。

「そうです。これで中宮さまは安心です」

そう答えながら、大納言の君自身が涙をこぼしているのを、どうすることもできないでいる。

いままでにない激しい悲鳴が溢れ出た。

午《うま》の刻、土御門第に日が差す。

彰子は子を出産した。

赤子の泣き声が、土御門第に響き渡る。

「男の子です。男の子でございます」

取り上げた産婆が邸中に届けとばかりに繰り返した。

母屋から、南面の廂《ひさし》の間、外の簀子の高欄まで立て混んでいた僧俗たちが、ある者は安堵し、ある者は涙し、別の者は大声を上げて、喜びを表している。

後産がまだだとどよめいたが、それも健やかに終わった。

人々の歓喜のなか、紫式部はあとからあとからせり上がる涙を、ただ拭い続けた。

子を、それも天皇の子を産むという大事業をやってのけた、小さな彰子。

多くの人が手放しで喜んでいる。

しかし、喜びだけがこの出産を包んでいるのではない。

出産の最中もいまも、憑坐にはもののけがつき、暴れている。

そのもののけは、いったいどこから来たものなのか。

『源氏物語』のなかで、紫式部はもののけについて書いたことがある。

それは六条御息所《ろくじょうのみやすどころ》という女性による生霊だった。

生霊とは、嫉妬や憎しみなどの強い負の感情によって、本人も知らないうちに自らの魂の一部が迷って悪事をなすものである。

六条御息所は高貴な女性だった。もともとは東宮の恋人であり、それに見合うだけの教養も気位の高さも持ち合わせていた。

そこに現れたのが、源氏だった。

七歳年下の源氏は、その美貌と若さと、それゆえの奔放さで、六条御息所を虜にした。

誇り高い六条御息所は、七歳も年下の源氏に夢中になってしまう自分を心のどこかで恥じ、踏みとどまろうとしつつも、身も心も溶かされていく。けれども、高貴な彼女は、源氏の他の若い恋人たちのように無邪気に源氏の胸に飛び込んでいけない。

しかも、源氏には左大臣の娘・葵《あおい》の上《うえ》という正妻までいる。

年齢でも立場でも、六条御息所は源氏の愛人のひとりで我慢するしかない。

世間はそんな彼女を笑う。「年甲斐もなく、若い男にのぼせ上がって」と。

いっそ源氏を捨ててしまえば楽になれるのに、六条御息所は源氏を諦められない。

源氏はそんな六条御息所の気持ちを知ってか知らずか、他の女性たちのところへいそいそと通っている……。

かくして六条御息所の魂は、強い嫉妬によって生霊を生み出し、源氏の愛する女性の命を奪っていく。

生まれは高くなくとも素直でやさしげな、自らとはまったく逆の「夕顔《ゆうがお》」。

欲しくても手に入らない正妻の立場と源氏の子を産んだ「葵の上」。

六条御息所の生霊は、そのふたりの命をあっけなく奪っていく。

人の嫉妬や恨みによって引き起こされる生霊というもののけは、これほどに恐ろしいものなのだと戒めるように、紫式部は容赦なく書き上げたのである。

いま、まさに同じような嫉妬や恨みなどの負の感情が、彰子を狙っているに違いない——。

先日、彰子から示された敦康親王の読書始の漢文。

さらには彰子自身が道長に何を隠そうとし、何を譲るまいとしているのか。

紫式部は涙を拭い、人々を観察する。

今日この日の出来事を、のちに書き記すため、だけではない。ここにいる人々の表情、反応、ごくささやかな違和感を逃さないためである。

いまは目に映る光景をそのまま覚えておくしかない。

たとえば、道長。

まさに欣喜雀躍《きんきじゃくやく》とばかりに喜びをあらわにしている。それは祖父として孫の誕生を喜んでいるように見えるが、当然ながら権力者として、娘が天皇の子を産んだことで自らが外戚になって摂政関白になる道が確立できたと喜んでいるようにも見える。

左大臣として中宮の無事の出産を喜ぶ臣下の顔にも見えるし、これまで貢献してきた敦康親王から、自らの血を引いた皇子へ乗り換えようとしているようにも見える。

同じことは、他の人々にも言えた。

中宮付きの女房たちはそのようなことはないが、天皇付きの女房たちとなれば、次の天皇に誰がなるのか、その前段階として誰が次の東宮なのかは、大いに関心があるところだろう。けれども、いくら天皇付きとはいえ、ただの女房になしえることは少なく、そもそもそのような気働きは不敬にも見えるから、誰しもただただ無事の出産を喜んでいるようにも見える。

敦康親王家別当の藤原行成は、もっと微妙な位置にいる。

もともと彼は一条天皇の蔵人頭《くろうどのとう》なのだ。

蔵人頭とは天皇の秘書長といえる役で、内裏の中でも屈指の激務である。さらに蔵人頭を勤め上げた者は原則、参議への道が約束されている。

その蔵人頭に、清涼殿に上がれない地下人《ぢげにん》から前任者の推挙で一気に昇進したのが行成だった。

さらに彼は、一条天皇に認められて権左中弁官《ごんのさちゅうべんかん》となり、臨時で従四位下《じゅしいのげ》となっている。その一方、行成は道長の意向を受けて、当時存命だった定子と並び、彰子をも立后して一帝二后とすべしと上奏した。また定子亡きあと、敦康親王の後ろ盾を欲する一条天皇と、まだ娘が皇子を産んでいない道長の利害を一致させる形で、敦康親王の養育を彰子に委ねさせたのも行成である。有能さを一条天皇に認められつつも、道長に急速に接近しているのも見てとれる。

行成は何を目指し、誰に対して忠勤に励んでいるのか。

ものの見方、立場、あるいは考え方の軸を変えてみれば、それぞれの人物は正反対の立場のようにも見える……。

紫式部自身は、それを定める軸を持ち合わせていない。

おそらくは、それを自分に示してくれるのは彰子だと思っている。

だからいまは、衵扇で顔を隠し、ひたすらに御簾越しに人々を観察し続けよう。

紫式部はできる限り、彰子のそばにいることにした。

やはり、この出産の主役は彰子であり、生まれた赤子なのだ。主役の周りの人を観察しなければいけない。

そう思ってあちらこちらに顔を出していると、縁側の簀子で急に誰かに呼び止められた。

「もし。紫式部どの」

名を呼ばれて振り向いた紫式部は、思わず「ひっ」と小さく悲鳴を上げた。

男は髪も整えず、烏帽子《えぼし》から白い鬢《びん》がぼさぼさに乱れていた。年は七十歳くらいか。しわだらけの顔のように衣裳がくたびれていた。表衣と指貫《さしぬき》が少し斜めになっている。その下に着ている粗末な綿入れが見えた。

「そんなに驚かなくてもよいだろう？　道長どのに急に呼び出されて丸一日以上だから、ひどい格好ですまないな」

紫式部は目の下ぎりぎりまで衵扇を引き上げ、しっかりと顔を隠す。

「あのぉ。あなたさまは……？」

演技でも何でもなく、おどおどしてしまう。

「大炊寮頭《おおいりょうのかみ》を仰せつかっている」

紫式部は心の中で首を大いにかしげた。

大炊寮とは宮内省に属する部門で、宮中での仏事・神事の供物を司る。また宴席の準備や管理も行った。

宴会の準備ということであれば、さすがに気が早い。

どういうことだろう、と悩んでいると、相手はにこにこと、身なりの割に妙に人なつっこい笑みを浮かべた。

「陰陽師・賀茂光栄《かものみつよし》と言ったほうがわかりやすいかもしれぬ」

「あっ」

その名には聞き覚えがあった。

当代随一の陰陽師である。

陰陽師とは、陰陽道と呼ばれる独自の体系を駆使しながら、天文や暦を読む者たちだ。狭義では中務省陰陽寮《なかつかさしょうおんようりょう》の役人どもを指すが、賀茂光栄はその中でも群を抜いた存在だった。祖父・賀茂忠行《ただゆき》、父・賀茂保憲《やすのり》から引き継いだ陰陽師の資質は、光栄の中で突然変異と言えるほどに大きく華開き、神の如き力で吉凶を指し示し、未来のあるべき姿を教えたとされる。官位は正五位下。

役人ゆえに他の省への異動もある。天文や暦を読む算術能力や深い学識などが、他の仕事でも生かされるからだ。

三年前の寛弘二年にもうひとりの偉大な陰陽師・安倍晴明《あべのせいめい》が没してからは、賀茂光栄が本朝の最大の陰陽師としてそそり立っていた。

道長などもひどく重用しているようだったが、紫式部が実際に会うのはこれが初めてだった。

「陰陽道の長だからという理由で、できるかできぬかわからぬ大炊寮頭にされたが……そう思うのであれば、陰陽寮にいるままにしてくれればよいものをな」

光栄はあくびをしながらごちっていた。

「こ、このたびは、中宮さまの無事のご出産をご祈禱いただき、まことにありがとうございました」

「私がしたことは悪鬼や生霊が立ち入らぬように結界を張ったくらいよ。もちろん、安産の祈禱もしたがね。根本的には中宮さまががんばったから」

「はあ」

「それと」と、光栄が凝っているのか肩をほぐしながら、

「おぬしの力も大きかったな」

紫式部は顔をしかめた。

「わ、私は、何も……」

謙遜でも何でもなく、そのとおりだと思っている。

しかし、老陰陽師は朗らかに笑った。

「はっはっは。おぬしはあれだろ? 『源氏物語』を書いているのだろ?」

「ええ……。まあ……」

「あれだけの人と人のつながりと物語を考え、考えるだけでなく過不足なく書き表せるのは、一種の呪いのようなものよ」

「そ、そんな恐ろしいものではありません」

「そうかな」と、光栄が笑っている。「きちんと修行を積めば、かなりのところまで行けるだろうさ」

「い、いいえ。ま、間に合っています」

突然、何を言われるのか。

ただ、紫式部が慌てたのは、光栄の言葉が紫式部の本心めいたところをかすかにかすめていたからだった。

以前、道長が言っていたように、源氏の母・桐壺更衣が身分の低さゆえにいじめられて心労で亡くなってしまったり、源氏がふとした拍子に空蟬《うつせみ》と契ったくせに行き違いから継娘の軒端荻《のきばのおぎ》とも契ってしまったり、あり得そうだけどそこまでやらないだろうという内容を物語に書いている。

それは物語として興味を引くためだけではない。

「そのようになってほしくないから」でもあった。

その思いは、紫式部の幼少時の体験に端を発している。

小さい頃から利発で漢籍にも興味を示した紫式部だったが、彼女の父・藤原為時は高階貴子の父・高階成忠のように娘に漢学を積極的に伝授する人物ではなかった。父だけではなく、紫式部の周囲もまた、彼女の向学心や知への憧れを伸ばしてはくれなかった。

むしろ、それを阻んでいたと言ってもいい。それがこの時代の平均的な思考だったからだ。

そのなかで紫式部は考えた。

世間や周囲の人々の思惑は「女は学問をしないもの」「女は賢さを誇らないもの」と、特定の形に自分を押し込もうとしてくる。

ならば、逆はできないだろうか。

自分の言葉が、人々に影響を与えてその心を変え、世間を変えていけないだろうか。

紫式部は僧侶ではない。ゆえに、これこれをせよという教えのように世に訴えることはできない。

では、物語ならどうか。

物語で、人は何者にでもなれる。

高貴な姫君にも位人臣を極めた貴族にもなれるし、男女の性別も超えることができる。現に、紫式部は仲間内とそのような他愛のない物語を書いてもいたから。

つまり、物語はもうひとつの「世界」なのだ。

それならば、物語に「望ましいもの」だけでなく、「望ましくないもの」を描くことで、その「望ましくないもの」を物語世界のなかで封じてしまえないだろうか。

いつしか、そんな祈りにも似た念いが筆にこもるようになった。

それは「桐壺」にすでに現れている。

「桐壺」は、一条天皇と亡き定子をもとにして書いたのではないかと考える者もいるらしい。

それはそれでいい。物語だから。

ただ、「桐壺」にあるようないじめも、唐《とう》の玄宗《げんそう》皇帝のように寵姫との蜜月で政が傾くこともなかった。

これは自分が書いた物語の出来事が、現実に先回りして「望ましくないもの」を消し込んでくれたからではないか……。

紫式部の一方的な思い込みだったかもしれない。

しかし、自分が書いた物語で、世の中が脱線してしまう瀑流《ぼうる》を押し戻せるのではないかと考えるのは、悪い空想ではなかった。

自らのつたない物語が、人の楽しみだけではなく世の役に立っていると思えるのは、とても楽しかった。

そういうこともあって「葵」の帖では、六条御息所の生霊に、葵の上を襲わせた。

現実の彰子が、諸々の生霊から守られるようにという祈りを込めて。

葵の上が六条御息所の生霊に襲われて命を落とすのは、源氏の子を出産するまさにそのときだったのである。

いま、彰子の出産に際して無数のあやしのものや生霊が渦巻いているのを見て、「葵の上には悪かったけど、あの物語を書いておいてよかった」と人知れず安堵している紫式部なのである。

光栄が言うとおり、『源氏物語』そのものが一種の呪いと言えなくもないのかもしれない……。

するとと光栄は、こちらも突然、こんなことを言った。

「言葉には魂が宿る」

「え？」

「これを言霊《ことだま》という」

「言霊……？」

「文字であっても、声であっても、言霊は生まれる」

「は、はあ……」

「覚えておくといい。多くの人の心を揺り動かす物語は言霊で編まれている。そのような物語を編めるおぬしは、その言霊を声にして発することもできる、となし」

紫式部は困惑していた。

「どういう意味でしょうか」

「文字に書く暇がなかったら、言葉に出してみろということさ。まあ、おぬしは口でしゃべるのは苦手なようだがな」

光栄は肩を揺らして笑っていた。

「えっと……こ、心に留めておきます」

「そうしてくれ。此度の祈禱、おぬしに出会えただけでも値千金だった」

「………」

紫式部、困っている。

「何か頼み事があったら頼ってくれ。こと、呪いに関するなら大抵のことはこなせるし、大抵の者には会えるようにしてやろう。生者でも、死者でも」

紫式部はまた顔をしかめた。

彰子が出産という大仕事をしためでたい日に「死者」などという言葉を使うとは。言霊とやらが聞いて呆れる。

光栄はにこやかに去っていった。

道長がその光栄をすぐに見つけ、「光栄さま、光栄さま。ほんとうにありがとうございました」と、ひどくしきりに頭を何度も下げている。

光栄は先ほどまでの上機嫌はどこへ行ってしまったのか、極めて平静で冷静な表情で道長の礼を聞き流していた。

若宮を初めて抱き上げたときには、彰子は涙を溢れさせた。

「ああ……。主上に瓜二つ……」

生まれたばかりの子は、赤く、しわだらけなものだ。一条天皇の竜顔を直接に拝したことのない紫式部にはわからないが、彰子から見れば一目瞭然だったのだろう。

「中宮さま。母になられましたね」

「――ありがとう」

その彰子は、いまはうつらうつらと眠っていた。

出産後の身体を休め、諸々の慶事が済んだあと、彰子がきっと道を示してくれるだろうから。

内裏から御佩刀《みはかし》を持って頭中将《とうのちゅうじょう》・源頼定《よりさだ》が参上した。

この御佩刀は、一条天皇が生まれた子を間違いなくわが皇子であると宣言するもの。名実ともに、生まれた子は皇子となったのである。

「まったく、伊勢神宮《いせじんぐう》への奉幣使《ほうへいし》が出立する日だったとはな。出産の穢れに触れてしまって、頭中将が参内《さんだい》できないのは具合が悪いから、頼定を庭に立たせたままで母子の健康を奏上するしかなかったわ」

道長は文句を言いながらも、すぐに目の端が潤みそうになっている。

その道長は、酉《とり》の刻の御湯殿《おゆどの》の儀《ぎ》を心待ちにしていたことだろう。いわゆる産湯とは別で、出産後のしきたりとして朝夕の二回、七日にわたって行なわれる。若宮に湯を使いながら博士が『史記《しき》』などの漢籍からめでたい文言を読み聞かせる。邪気払いの鳴弦《めいげん》の儀《ぎ》も行なわれた。

道長は神妙な面持ちで若宮を抱きながらも、孫を抱ける喜びが顔の下でふつふつと湧き上がっているようである。

なお、御湯殿の役は彰子と従姉妹の宰相の君、介添え役は大納言の君が湯巻姿で務めた。御佩刀を小少将の君が持ち、宮の内侍が先導している。

彰子は目を覚ましては、それらの様子を紫式部から聞き、満足げに微笑み、また眠りに落ちるのだった。

第二章　中宮の敵

土御門第は若宮誕生の慶事一色になっていた。

秋の装いが春の花々しさにも負けないほどの彩りに見えるのは、唐衣《からぎぬ》のような鮮やかさだけではないだろう。

若宮は一日一日、違う表情を見せる。

乳母の乳を必死に吸うさまも愛おしげに、彰子は目を細めていた。

「中宮さま、まるで白く輝くようにお美しい」

紫式部は心から賛嘆した。

彰子はまだ浄白の衣裳のままだ。糸目をなるべく見えないように工夫して縫われているから、まるで銀一色の雪山のように輝いて見える。本当なら天人のようだと称えたいところだったが、聞く者によっては死んで天人になると解釈されるかもしれないから、思いとどまった。

若宮もまた、純白の産着に包まれている。

まったく白一色で穢れのない母子を見ていると、自分の心の汚さを映し出されているようで、紫式部は少し居づらい。

ただ、もし万が一、この母子を悩ませ、浄白の衣裳を汚すような出来事があるなら、ふたりの代わりに自分がかぶるくらいの気持ちでいなければいけないだろう。

祝い事の空気の中で、紫式部だけは心の中で何かしらの決意を練り上げていかねばならない時期に来ているように感じていた。

十三日には三日の産養《うぶやしない》が中宮職主催で行なわれた。

産養とは、子の誕生の夜を初夜とし、三日目、五日目、七日目、九日目の各夜ごとに、生まれた子への贈り物と、祝宴が催される行事である。

贈られたのは若宮の御衣やおくるみ、衣筥《ころもばこ》の折立《おりたて》、入帷子《いれかたびら》、包み、覆い、下机などで、やはり白で統一されていた。

五日の産養は道長が主催した。祝宴は大騒ぎだった。

七日の産養は一条天皇が主催。これは、中宮が子を産んだ場合の通例だった。

天皇は臨席しない。しかし、心のこもった贈り物の数々が大切に届けられた。少し苦しげながら身を起こした彰子が、涙をためた目で目録を何度も読み返している。きっと彰子の目には、目録のひとつひとつの文字の向こうに、一条天皇のやさしい姿が見えているのだろうと、紫式部はしみじみとその様子を見つめていた。

翌日、衣裳を平素のものに変えた。

若宮の着衣始《きそはじめ》では、干支《えと》にちなんだ色の産着となるのだが、今年は赤色である。

九日の産養は、道長の子で彰子には弟に当たる藤原頼通が主催した。

頼通がいまのところ道長の後継であり、さらには若宮の叔父として、何かの際には後見に立つという意思表示でもあった。

九日の産養の翌日、紫式部は昼近くに彰子を訪ねた。

彰子は寝たり起きたりを繰り返している。

「お疲れでございましょう」

「大丈夫」と、彰子は微笑んでみせた。

若宮は向こうで乳母役の宰相の君が面倒を見ている。道長がふらりとやってきては、若宮ににこやかに話しかけたり、その頰を指でつついたりしていた。

「左大臣さま、笑顔ですね」

「ふふ。この前、若宮を抱き上げたときにちょうど、若宮が粗相をしてしまって」

「それは、大変な――」

しかし、彰子は笑顔のまま首を横に振る。

「狩衣をぐしょぐしょに濡らされたのに、左大臣は怒るどころかますます笑み崩れていて」


聞きながら、どういうわけか紫式部は涙がこみ上げてきた。

こんなときに涙なんて、自分はどうかしているのだろうかと思う反面、心の片隅では理由がわかっていた。

これが若宮でなかったら。貴族といってもごく普通の、中流かあるいは公卿の末席程度の家での新孫の誕生だったら、ただ微笑ましく受け入れれば済むのに。

紫式部の頭の中には、いろいろな人の思惑と悪意がこびりついて離れないでいた。

そのとき、倫子に伴われて敦康親王がやってきた。

「母上。お具合はいかがですか」

「敦康。ありがとう。もうすっかり元気よ」

「よかったです」

すると彰子は手を伸ばし、敦康親王を引き寄せる。

「ごめんなさいね。敦康。母のお産のせいで、あなたの元服が遅れてしまって」

敦康親王は抱きしめられたままで、やや苦笑いしながらも、

「平気です。元服をしてしまうと、なかなか母上のところに行けなくなるとも聞きました」

「それが大人になるということですから」

「少しさみしいです」

「そうね。母もさみしい」

そう言って、彰子は敦康親王を放した。

「若宮をかわいがってあげてね」

「はい。小さくてとてもかわいいです」

道長が帰ったこともあり、宰相の君が若宮を抱っこしてこちらに来た。敦康親王が目を輝かせる。まだ大人になりきっていない柔らかな手で——というよりもほとんど指先で、やさしく若宮の頭をなでた。若宮は、生まれたばかりの赤子特有の高い声で何度か応えると、気持ちよさげに目を閉じた。

「あらあら。若宮は敦康が大好きみたいね」

「私も大好きです」

若宮はそのまま眠ってしまった。宰相の君が向こうで寝かしつけ、敦康親王と倫子もついて行く。

不意に、彰子が尋ねた。

「紫式部。『源氏物語』の続きはどう？」

「あ」

まったく予期していなかった催促に、紫式部は絶句した。鋭意執筆中です、とごまかしていいだろうか……。

彰子はくすりと笑う。

「ふふ。あらあら。なかなか大変そうね」

「多少……多少は、進めています……」

「忙しいとは思うのだけど、新しい帖が出せればそれに越したことはないの」

「物語をご所望ですか」

貴族の場合、子を産んだといっても、自ら乳をやるわけではない。若宮となればなおさらである。乳母が乳をやり、身の回りを何くれとなくする。生母である彰子は身体をいたわることが最大の務めなのだが、暇を持て余す面もあるだろう。それで、新しい『源氏物語』を欲したのかと思ったのだが、彰子は首を横に振った。

「主上に献上しようと思っているのよ」

「えっ⁉」

紫式部は大きな声が出た。宰相の君たちの目が咎める。若宮が起きたらどうするのだ。慌てて口を押さえ、あらためて尋ねた。

「『源氏物語』を、主上に、ですか……？」

声が震えているのが自分でもわかった。

「ふふ。主上があなたの物語を読んでいるのは、とうの昔からではありませんか」

「ええ……まあ、そ、そうなのですが……」

物語が巡り巡って天皇の手にまで広まったというのと、そもそも天皇への献上品にするというのでは、緊張の度合いがまるで違う。というよりも、はっきりと「怖さ」が違った。

「物語そのものは、あなたの考えているままに書き進めてかまわないし、主上のためにと別の話を書く必要はないから安心して」

「は、はあ……」

彰子の言葉に安心立命を得る紫式部。

彰子は年下とはいえ、まるで姉のようだ。

「その代わり、冊子としてあてなるものを作りましょう」

「あてなるもの……」

「紙も、より上質なものを使い、表紙に使う紙は紫式部が納得するものをとことん選びなさい」

「中宮さま……」

「先ほどと正反対のことを言うようで心苦しいのですが、主上に献呈するたった一冊だけの物語。一生に一度あるかないかの出来事です。悔いのないように——と言っても、あなたの性格では難しいかしら」

「はい……」

紫式部はうれしいやら悲しいやらで情けない声になった。

「時期は——可能なら十一月の、若宮五十日《いか》の儀《ぎ》のあとあたりがいいかしら」

「あ、はい……。そのくらいのお時間があれば——たぶん……何とか」

「あらあら。物語のことなのに、気弱なあなたになってしまうのね」

「も、申し訳ございません——」

彰子は、お腹が大きいときのように脇息にもたれた。

「左大臣が——父があなたを私のところへ呼んだのは、『源氏物語』の作者だから、というのは覚えているでしょ？」

「はい」

それなのに、まるで執筆が進んでいないのはどういうことか、と道長流に怒られると思ったのだが、違った。

「父の思惑がどこまでのものだったかはさておき、実際にあなたの物語は主上と私をつなぎ止めてくれました」

「中宮さま……」

「私は幼く、主上をどのようにお支えしたらいいかわかりませんでした。けれども、『源氏物語』の光源氏《ひかるげんじ》や桐壺女御、藤壺女御たちについて語り合うとき、主上はおやさしい笑みを見せてくださいました」

「…………」

「私が主上の寵を受けて若宮を産むことができたのは、やはり『源氏物語』があったから。あなたの物語は私に若宮を授けてくれた」

「も、もったいないお言葉です」

「私は主上から数限りないものをいただきましたけど、あなたからも多くのものをもらった。だから、せめてあなたの『源氏物語』に、それにふさわしいだけの報いをしたいのです」

「……中宮さま」

紫式部は言葉に詰まり、ただ平伏した。

「ふふ。もちろん新しい『源氏物語』をきれいな冊子で贈って、主上に喜んで欲しいという、私の欲も混ざっていますけど」

「いいえ。それは欲ではありません。当然のお気持ちです」

「主上も『源氏物語』がとてもお好きですから」

「本当に、本当に……何と申し上げてよいか――」

紫式部は自分の口下手を呪った。生来ぺらぺらとしゃべれるほうではないが、女房勤めで「一」も読めない振りをしているうちに、もっと口下手になってしまったように思う。こんなにも評価してくれる彰子に、満足な礼ひとつ言えないなんて……。

けれども、彰子はそれを許してくれた。

「わかっています。そういうあなたを、私はとてもすばらしい物語作者だと思っています」

「――はい」

紫式部の頭が忙しく働く。いつまでに原稿を書けばよいか。そもそものような物語にしようか……。

「だいぶ忙しくさせてしまいますね」

「いえ。きっとお心にかなうものを準備します」

「まあ、私がお産の前後を記録に取るようにお願いしたから、忙しくさせてしまっているのですけど」

「あ、そのことなのですが……」

紫式部が、道長からも同様の話があったことを伝えると、彰子の笑みに苦いものが入った。

「父が……」

「目的は少し、というか、だいぶ違うと思いますけど」

「それで、あなたは私と左大臣、どちらの要求に応える記録を書きますか?」

彰子が静かに尋ねた。

その瞳は深い決意に満ちている。

若宮を産んで彰子は変わった——紫式部がそうしみじみと実感した瞬間だった。

子を産んで女は母となり、強くなる、とは世間でよく言われる。

子をなさずとも強い女性は結構いるし、後宮の女官にはそういう女性がごろごろいる。

けれども、彰子は明らかに若宮を産んだことで強くなっていた。

一方で、その強さは「若宮を産んだから」芽生えたものなのだろうかとも思っている。

彰子は、見目こそ楚々たる姫であるが、左大臣・藤原道長の娘である。数多の権力闘争を生き抜いてきた父を見て育ってきた彰子が、まったく弱々しいだけの女性だとは思えなかった。

「私は――中宮さまにお仕えしています」

紫式部にしては、ひどく重い言葉だった。その重い決意が彰子に伝わったかどうか……。

「左大臣への対応はどうするのです？」

「私は、物書きです。うまくごまかします」

彰子は小さく声を上げて笑った。

「ふふふ」

「えっと……聞かなかったことにしてください」

耳まで熱くなった。

「紫式部」

「はい」

ちょっと泣きたい。

しかし、彰子はひどく真剣な顔で言ったのだ。

「あなたは絶対に私の側にいてください。信じています」

「中宮さま……？」

「若宮を無事に産むこと。これが私の何よりの仕事でしたから、いままであなたには
ほとんど何も話さないできてしまいましたが、藤壺に戻ったら、あなたに話したいこ
とがあるのです」

「それは――」

紫式部が言いかけると、彰子はすらりとした人差し指を伸ばして自らの口に当てた。

ここでは話せない――ということらしい。

人差し指を外し、これだけ言った。

「若宮が生まれたことで、私も決心を固めました」

「決心……」

向こうで若宮がひと声、発する。敦康親王たちが慌てていた。

「若宮は私を選んで生まれてきてくれたのですね」

「はい。そう思います」

「たしか、紫式部も娘がいたわね……？」

「畏れながら、親王殿下と同い年の娘がおります」

かわいい娘だ。娘のことを考えると、こんな頼りない母のところによくも生まれてくれたものだと、申し訳なさと有り難さで胸がいつもいっぱいになる。

彰子は少し遠い目をした。

「皇后さま。ご無念だったでしょうね。敦康の大きくなった姿を見たかったでしょうに」

皇后とは、夭逝した定子のことだ。

「………」

紫式部はとっさに答えられない。「一」も読めない振りをしているせいか。

「皇后さまが愛せなかったぶんまで、敦康を愛してあげたいのだけど。これは許されることなのかしら」

幾度か言葉に迷い、いっそ黙ってしまおうかと思ったが、答えなければいけないと思い直す。

「もちろんです。中宮さまは立派な母でいらっしゃいます」

彰子は目尻を拭った。

「ありがとう」

秋の澄んだ風が吹き込み、几帳をかすかに揺らした。


十月になって、冬になった。

若宮に風邪を引かせてはならぬと、土御門第の主だったところを道長が歩き回りながら、風が吹き込まないか、火桶は足りているかをいちいち調べて回っている。

それも含め、土御門第はとても慌ただしくなっていた。

一条天皇の行幸が近いのだ。

彰子の快復、若宮の成長、気候、さらには陰陽師の見立てる暦などから十一月十七日に、彰子と若宮は還啓することが決まったのだが、一条天皇が「あまりに先のことで、それまで待てないから、自分から訪れよう」と言い出したため、急遽、土御門第への行幸が決まったのである。

「これもまた、慶事だけど」

紫式部も忙しい。『源氏物語』の続きを書き進めつつ、一条天皇に献呈するだけの装丁を考えなければいけないからだ。

とはいえ、彰子のそばを離れるのは心許《こころもと》ないので、自らの邸には帰らず、土御門第の局で執筆をしていた。

道長以下、男性も女性も土御門第を磨きに磨いている。

色とりどりの菊が集められ、植えられていく。

池に水鳥が遊んでいた。

木々はすっかり色づいてくる。

筆を休めてそれらを眺めていると、道長がふらりと覗いてきた。

「お。書いてるな。感心感心」

「盗まないでくださいね」

「わかっている、わかっている」と、道長が簀子に腰を下ろす。

「中宮さまから聞いた。主上に献呈するために急いでいるのだろ？」

「はい」

「足りないものがあったら言え。まあ、よい紙は本当に高いが、この際だ」

「まことにありがとうございます」

若宮誕生以後、だいたい機嫌がよい道長である。

「朝夕はめっきり冷えるようになったな」

「水鳥と庭の池と木を見ていました」

「ふむ？」

「紅葉は散りゆく姿が美しい。桜は春の花が美しいけれども、それが散ってまた新しい年に咲く姿が美しい。梅も藤も同様に、気高く咲いて執着なく散るところに、私たちが心を動かされるように思います。水鳥も季節を告げに訪れ、また季節を追って去っていく。その生々流転の循環の流れに、人と物事とはいるのでしょうね」

「ふむ」

「その美しさを人は唐衣や絵にすることで所有しようとするけれど、そこには移ろいの美が入り込めなくなってしまう。人というのは不自由なものですね」

紫式部が嘆息した。

だが、道長のほうはそんな言葉をゆっくり味わっている気にはならないらしい。

「なるほど。美というものは計り知れぬものよな。神仏の慈悲かもしれぬ」

道長の口から「神仏の慈悲」などと出てくるとは思わなかった。

彰子が皇子を授かるようにと、昨年は道長自ら吉野山《よしのやま》へ赴き、切り立った崖のような山道にしがみつくようにしながら祈願してきたと言われている。それで、今回の出産だ。現世利益の域を出ないかもしれないが、信心深くなっているのかもしれない。

「人だけがあれこれと思い悩む横で、水鳥は何も思い悩むこともないように見えます」

道長は笑う。

「水鳥では摂政関白にはなれぬよ」

道長が去ると、紫式部は何とも言えない喪失感のようなものを感じた。

水鳥を　水の上とや　よそに見む
　われも浮きたる　世を過ぐしつつ

——あの水鳥を、ただ水の上で遊んでいると、よそごとに見られようか。いや、できない。私も水鳥と同じく浮ついたくせに、もの憂い世を生きているのだから。


行幸当日の朝は早い。

一条天皇の行幸が辰《たつ》の刻（午前八時頃）なので、女房どもは早朝から化粧をしていた。紫式部も、一時、里帰りしていた同じ局の小少将の君と髪を梳《す》かし合いながら、今日の行幸への期待と、無事に成功するように祈る気持ちでいっぱいだった。

道長は池に二艘《そう》の舟を浮かべていた。

これは、この日のために準備したもので、龍頭鷁首《りゅうとうげきしゅ》の飾りを施した唐風の舟だ。そのあざやかなこと。まるで本物の龍頭鷁首のようで、すでにみなの気持ちは盛り上がっていた。

「なるほど。こういう景色もいいかもしれない」

紫式部がつぶやくと、小少将の君がそれを聞き逃さずに、

「何かいとをかしな景色を見つけた？　物語になりそうな」

「いとをかしではないかな。物語になりそうな、いとあはれな景色かも」

「紫式部は物語作者だけあって、少し違ったものの見方をするみたいね」

「そうかしら」

「そうよ。――行幸は辰の刻というけど、どうせ、いつも通りなら日中になってしまうのでしょうね」

「そうかもしれないけど」と、紫式部はまだ子を産んでいない小少将の君にやんわりと付け加えた。

「子を見たいという親心は、いつも通りのゆったりした行幸すらも早めるかもしれないよ？」

はたして、辰の刻には合図の鼓の音が鳴ってしまった。

紫式部と小少将の君は大慌てで、けれども何食わぬ顔で集合する。

彰子がいる御帳台の西面に、一条天皇の御座所を設けた。

南廂の東の間に椅子を立ててある。

そこから一間を隔てて、東の境で南北の端に御簾をかけて仕切り、女房たちが控えている。

南の柱のほうの簾《すだれ》を少し引き上げて、内侍がふたり出てきた。それぞれ髪を結い上げ、神器の剣《つるぎ》と勾玉《まがたま》を持している。

その姿は、まるで唐絵に描いたようだった。

天皇の側はといえば、近衛《このえ》の者たちが盛装し、御輿《みこし》などに奉仕しているのが美々しい。

御簾の中は、禁色を許された女房たちは青色や赤色の唐衣に地摺《じずり》の裳を身につけているが、上着はごく一部を除いて蘇芳色《すおういろ》で合わせている。

紅葉を取り交ぜた打衣《うちぎぬ》、梔子《くちなし》や紫苑《しおん》、菊などの襲色目《かさねのいろめ》の小袿など、ここぞとばかりに着飾っていた。

例の如く、紫式部は仔細に目を配っている。

行幸の運行はしかるべき人々の役目であるし、具体的な次第を知らされているわけでもない。だから記録といっても、現に目の前で起こったことしか記録を残しようがない。

だが、女性の目線として、女房たちがどのような衣裳を着て、どのように振る舞い、どんな姿に見えていたかは記そうと思っている。

そうして眺めていて思うのは、みな、きちんとしているのだなという感嘆だ。

この感嘆には、多少のあきれも交じっている。

その気持ちの正体を、まだつかめないでいた。

けれども、この気持ちの真にあるものは、『源氏物語』の主題のひとつたるものだろうと感じている。

いまはただ、この気持ちを名づけも類推もなしに、ただ気持ちのままに覚えておこう……。

道長が若宮を抱いて、一条天皇の御前に出た。

一条天皇が若宮を抱き上げられる。

天皇の表情はわからないが、この光景を目を潤ませながら彰子が見ているかと思うと、紫式部も涙がこみ上げてくるが、この良き日に似つかわしくないと堪えていた。

若宮が少し泣いた。

その声がとてもかわいらしい。

一条天皇が小さくあやす声が聞こえたように思った。

日が暮れてゆく。

笛や鼓の楽の音、万歳楽《まんざいらく》や太平楽《たいへいらく》、賀殿《かてん》などの上達部たちの舞。楽船は築山の向こうの水路を巡り、松風もそれに合わせて吹いてくる。

土御門第が、今日ばかりは清涼殿のごとき雅な有様だった。

一条天皇は筆を執った。

若宮に親王宣下をするためである。

敦成《あつひら》——それが若宮に授けられた諱《いみな》である。

ここに、若宮は敦成親王として、その地位が確保された。

親王となった以上、東宮、やがては天皇となるべき方のひとりとなったのである。

さらに天皇は臨時の加階をし、新しい親王家に仕える別当などを決めた。

紫式部はそれらに心を揺さぶられつつも、頭の半分では極めて冷静に見つめていた。

記録のためであり、後々自らの『源氏物語』のどこかに反映させようと考えていたからだった。

寛弘五年十一月一日。敦成親王五十日の儀が行なわれた。

禁色を許された少輔《しょう》の乳母が敦成をあやしている姿に、「もう五十日たったのか」という思いと、「まだ五十日しかたっていないのか」という思いが入り交じる。

その一方で、紫式部は忙しい日々に追われていた。

十一月十七日に、彰子は内裏に戻る。

できうるならば、その日に合わせて『源氏物語』の新しい帖を美麗な装丁で一条天皇に献上できるならば、彰子に託したいと思っていたのだ。

毎朝、御仏に祈り、よい物語を書けますようにと願って、紫式部は筆を動かし続けた。日にちは限られているのだが、不思議と手が動き続けてくれている。それどころか、止まるところがない。時間があれば、よい物語が書けるというものでもないらしい。

途中で手が痛くなり、筆を投げたくなるときもあった。

けれども、そういうときに思い浮かぶのは彰子の顔である。

まだ小さい、裳着を済ませたばかりの彰子が、大人たちの思惑のひしめく内裏へ入内した。

后としての振るまい方など、どこで習うのか。

自分より遥かに年上の女房たちを、どうまとめたらいいのか。

たのみにする一条天皇の心には、まだ定子といういまめかしい后が生きている。

そんな八方ふさがりの中で、『源氏物語』が彰子の興味を引き、一条天皇にも関心を持ってもらい、ふたりを結びつける種になれたのなら、自分ごときの物語が世に出た甲斐があったというものだ。

いま、敦成親王が生まれ、一条天皇と彰子の仲はますます固く結ばれていくだろう。

そのときに、おふたりであれこれ話をするときのほんのちょっとした話題になればいい。そうだ。いま書いている部分は、明らかに天皇と中宮が第一読者なのだ。

たとえ生まれ変わったとしても、これほどの栄誉ある仕事はできまいと、紫式部は思っている。

だが、そのように楽しい気持ちだけで書き続けているわけではなかった。

彰子は何かを隠している。

大納言の君と小少将の君の姉妹はじめ女房たちの一部は知っているようだが、どの女房であっても全容はたぶん知らないように思う。

その何かを明かしてもらうには、いま書き上げなければいけない。

彰子がそのように言ったわけではないのに、紫式部は勝手にそう考えて自分を追い込んでいた。

装丁を考えれば、ぎりぎりまで書き続けているわけにはいかない。しかるべき筆の人物の書写を経なければ、写本の冊子は出来上がらない。書写の途中で書き間違えもあるだろう。それらを修正しつつ、表紙の紙や綴じ紐なども確認していく。

結局、彰子が内裏に戻る前日、ぎりぎりで間に合った。

出来上がった紫色の上質な紙を使った表紙の冊子を、彰子に献呈するときには、さすがに手が震えた。

「た、たいへんお待たせしました」

なぜか涙がこみ上げる。

受け取った彰子はやさしく――まるで敦成親王の頰をなでるときのようにやさしく――表紙をなでた。

「ああ。美しい冊子。持っているだけで、紫式部の想いが伝わってくるようです」

「お、畏れ入ります」

彰子がやさしいまなざしで冊子をめくった。つまらなかったらどうしよう。好みでないと言われたらどうしよう。いろいろと気弱な思いが頭を満たす。けれども、それらは杞憂だった。

「まだほんの少ししか読めていませんけど、とても心を動かす物語の予感がします」

「は……」

声にならない。

「きっと主上も気に入ります。ほんとうにありがとう」

「……はい」

紫式部はただただ平伏した。

ぎりぎりまで冊子作りに力を割いていた紫式部は、彰子と同日に内裏に戻ることはできなかった。

書くだけ書いて、一種の脱魂状態に陥ってしまったのだ。

あるいは恍惚としてしまったと言ってもいいかもしれない。

書き上げた喜び、これまでの自分の書いてきたものよりもよいものを書けたという、根拠のない自負、献呈したときの彰子の笑顔や言葉。

それらが身体をほどよくしびれさせ、何も手につかないのだ。

今回に限ったことではない。

いくつかの帖をまとめて書き上げるようにしているのだが、それらが書き上がると、決まって腑抜けてしまう。

彰子とともに内裏に戻る小少将の君からは、「物語に魂そのものを書き留めているからではないのですか」とからかわれたが、それに近いかもしれない。

もともとそのような——物語そのものにのめり込んでいくような——書き方をする紫式部ではあったが、彰子の出産の日以降、その傾向がより強くなったと思っていた。

そのときに陰陽師・賀茂光栄から『源氏物語』は一種の呪いのようだというように言われたことが大いに影響している。

彰子を守りたい。

同じように一条天皇を守りたい。若宮を守りたい。

ささやかでもかけがえのない笑顔を守りたい——。

そんな祈りを込めて書き綴り続ければ、心身共にへとへとになってしまう。

これぱかりは、道長がどう催促しても動きようがなかった。たぶん、物語を書かない人間には絶対にわからない感覚だろうと思う。

ところが、まずいことに、内裏ではいろいろな行事が目白押しだった。

彰子が戻った数日後には、新嘗祭《にいなめさい》の五節《ごせち》が始まってしまった。

五節は十一月の中の丑《うし》・寅《とら》・卯《う》・辰の四日にわたって行なわれる。選ばれた五節の舞姫を、丑の日に宮中に召す帳台《ちょうだい》の試《こころ》み。寅の日には、殿上《てんじょう》の淵酔《えんすい》とその夜の御前《ごぜん》の試《こころ》み。卯の日には、童女御覧《わらわごらん》。そして辰の日に、豊明節会《とよのあかりのせちえ》の宴があって、五節の舞が演じられる。

要するに、忙しい。

紫式部は、自分が帰っても邪魔になるだけだろうと思った。

十一月二十八日には賀茂臨時祭《かものりんじのまつり》があった。もともと四月の賀茂祭だけだったが、百二十年ほど前、宇多《うだ》天皇の頃に冬祭もすべしとの託宣があり、以来、開催されている。

これも、忙しい。

何しろ今年の臨時祭の使者は、藤原道長の五男である権中将《ごんのちゅうじょう》・藤原教通《のりみち》が務めるのである。当日は宮中の物忌みだったため、道長は宿直をしている。上達部も舞人を務める公達も一緒に泊まり込んでいた。

教通の晴れ姿を見ようと、源倫子も参内する。

十三歳の若い教通は使者らしく藤の造花を冠に挿し、堂々と大人びていたそうだ。

乳母の内蔵《くら》の命婦《みょうぶ》などは、華やかな祭りの舞人には目もくれず、教通の様子を見てそっと涙をこぼしていたとか。

やはり、自分は邪魔だろう……。

十二月になってしまった。

さすがに紫式部も焦った。

焦ったが、師走である。内裏はますます忙しくなった。

物語書きだけの女房がどの時期に戻ればいいのか、だんだん見当がつかなくなってきた。

そのあとも日取りが悪かったりして、紫式部が内裏に戻るのは大幅に遅れ、結局、藤壺に帰参したのは十二月二十九日のことだった。


紫式部は平身低頭していた。

「あの、戻るのに、こんなにも遅くなりまして……」

藤壺の御座所で、彰子とほぼふたりきりである。

年末の追儺《ついな》も終わってしまい、みなそれぞれにくつろいだり、下がったりしていた。

彰子が何だかんだと用事を言いつけて、ほとんどの女房を遠ざけた。

紫式部でもわかる。

これはお叱りの準備だ。

向こうで敦成親王のかわいらしい泣き声が聞こえるのが、心苦しい。

彰子は努めて笑顔を作りながら——と紫式部には見える——脇息にもたれている。

手には上品な装飾の衵扇を持ち、開いたり閉じたりをしていた。

実は、紫式部は帰ってすぐに挨拶に行かなかった。

宮中に戻ったのが夜更け過ぎだったし、その日の彰子は、宮中の物忌みとのことで静かにしていたからだ。

よって、挨拶に行くのに物忌みが明けるのを待った。それで帰参の挨拶が遅くなったのだが、彰子が怒っているのはそこではないことは、紫式部もわかっている。

しばらく、彰子が何も言わない。

紫式部も何も言えない。

冷たい風が御簾の隙間から吹き込んだ。

やっと彰子が口を開く。

「献上する『源氏物語』の書き下ろしと冊子にまとめる作業で疲れ果てたというのは

聞いています」

「はい……」

「主上にきちんと献上しました。喜んでくださいましたよ、主上は」

「あ、ほんとですか」

紫式部は思わず顔をあげた。笑み崩れてもいた。

「ええ。ひとりひとりが生き生きとしていて、物語の流れも趣深いと、嬉々として冊子をめくっていらっしゃいました」

「よかった」

本音が漏れたあと、帰参大遅刻を思い出し、再び平伏した。

それにしても、よかった……。

彰子が小さく咳払いする。

「十二月二十日に敦成の百日《ももか》の儀《ぎ》も無事に済みました」

「は……」

冷や汗が流れた。

「おめでとうございます」

百日の儀は、五十日の儀に行なわれたいわゆる「お食い初め」の続きのようなものだ。五十日の儀では重湯の中に五十の餅を入れて、若宮の口に触れさせる。百日の儀でも、同様のことを行なう。

ここまでの成長を祝うとともに、一生食べるものに困らないようにという願いが込められていた。

紫式部は「おめでとうございます」と答えてみたが、それがこの場合の正解だったかは自信がない。

かすかに彰子のため息が聞こえたような気がした。

「面を上げなさい。紫式部」

「は、はい」

おずおずと紫式部が顔を上げる。

紫式部の顔を見た彰子が、突然吹き出した。

「ふふふ」

「えっと……中宮、さま?」

「やめやめ」

彰子が首を振った。

「帰参がずいぶん遅くなったことをきちんと叱ろうとしたのだけど、いまのあなたの顔を見たら、その気も失せてしまいました」

「あ。はあ。ははは」

喜んでいいのか、悲しんでいいのか。

目の端で、小少将の君が小さく頭を抱えている。

「あなたが出仕し始めたのは、ちょうど三年前ですね」

「はい。初めて出仕したのも師走の大晦日でした」

もう三年。

まだ三年。

まるで若宮の成長のように、いろいろな感慨が心をよぎる。

「いまだから笑って言えますけど、新年を控えてもっとも忙しい大晦日から出仕してくる女房なんて聞いたことがなくて、驚いていたものです」

しかもその「女房」は、これまで一度も宮中に出仕したことがなかったのだ。

「はい……」

冬なのに汗が止まらない。火桶が多いわけでもないのに。

彰子はからかい半分、楽しみ半分といった顔で続ける。

「父・道長には、私が物語を好きだという話をし、主上もどうやら物語を好まれるという話はしていました。どんな物語がいまは流行なのだと、父に尋ねられ、私の好きな物語として、あなたの『源氏物語』をあげました」

「そのご縁で、左大臣さまに呼ばれ、中宮さまにお仕えすることになりました」

「ふふ。私自身、期待していなかったと言ったら嘘になるでしょうね。あの『源氏物語』を書いた人とはどんな人なのだろう、と。何しろ他の物語と比べて、明らかに読んだときの重さが違いましたから」

「お、畏れ入ります」

それは他の女房たちも同じだったろう。

あんな物語を書く女房とは、どれほどの才女なのか。

自分の才覚を鼻にかけた、嫌な女房なのではないか。

そもそも、女のくせにあれこれ文字を書き連ねるなんてろくなものではない。

もしかしたら昔、宮中にいた清少納言とかいう女房のような人かもしれない。

大晦日なんて忙しいときに来るなんて、どういう了見だろうか。

とにかく、どんな人物なのか、見てみよう――。

他の女房たちは多大な好奇と若干の反発と、かなり「お試し」したい気持ちで待ち構えていた。

ところが、そこへやってきた紫式部は、どの予想とも違っていた。

才女ではあるかもしれないが、鼻にかけるよりも陰にこもっている。清少納言のようなあけすけさはもっとも無縁なところ。

どちらかと言えば、陰鬱とした三十すぎの女性にしか見えない。

こんなところへ来たのは前世の行ないが悪かったからに違いないと、嘆かんばかりの暗い表情で、おどおどしていた。

元からの女房たちは、期待を裏切られたというより、白けた。

ついで、馬鹿にされたと思ったようだ。

この時代、父や夫などを失って家のために女性が働くとなれば、貴族子弟でも女房となるのが、もっとも多かった。

その女房勤めも、貴族の私邸に雇われる形から宮中の女房となる形まで、大きく差がある。

中宮・彰子付きの女房となれば、最上級の勤め口だ。

賄《まいない》が滞る心配もないし、むしろ極上の絹布などをもらうことができる。彰子が亡くなる以外のことで勤め口が消滅する心配も、まずない。

もっとも安定していて、もっとも実入りのよい女房勤めであり、何より、中宮に仕えているという多大な名誉がついて回る。

多くの女性たちにとって喉から手が出るほどの憧れであり、これより上となれば、天皇付きの女房くらいなものだ。

その憧れの勤め先に来て、自分の不運を嘆くような顔をして、小さな声でおずおずとしかものを尋ねない。

紫式部は明らかに気乗りしなかったのだ。

けれども、夫を亡くして娘を抱えていたし、道長の口添えで父・為時が長年望んでいた受領《ずりょう》につけた恩もあった。これから先も父について考えてくれるという話もある。

だから、いやいやいやながら出てきたのだ。

いやいやをしているうちに、師走の大晦日になった。

ただでさえ忙しい大晦日である。

女房たちの対応も片手間になる。声に苛立ちも交じった。当然、新人いびりの気持ちもあっただろう。

紫式部が挨拶をしても、無視をされた。

彰子でさえ、「これからよろしく頼みます」くらいしか言葉を交わさなかったように思う。そもそも、紫式部のいやいやのせいで大晦日からの出仕という無理を通してあげたのは、彰子たちのほうだった。

だが、女房たちは——彰子でさえ——知らなかったのだ。紫式部という、物語書きは、あれこれ考えすぎて内にこもる人間である、と。

彰子が思い出し笑いをする。

「ふふふ。新年になって数日したら、いつの間にかあなたはいなくなっていましたね」

「はい……」

紫式部の声が少し裏返った。

出仕して数日、紫式部は実家に帰ってしまった。

いま彰子が言ったとおり、無断である。

「ふふ。あれにはほとほと困りました」

「ほんとうに、申し訳なく……」

宮中の女房から「早く出仕してほしい」と言われれば、歌で答えた。

閉じたりし　岩間の氷　うち解けば

をだえの水も　影見えじやは

——春になって岩間の氷も溶ければ、途絶えてしまった水も、再び流れ出して私の姿が映ることでしょう。

氷のような宮中が溶けて、自分を出迎えてほしいという歌だ。

彰子も挽回の機会を与えようと「春の歌をたてまつれ」と、実家にいる紫式部に命じた。

み吉野は　春のけしきに　かすめども
結ぼほれたる　雪の下草

——吉野は春の景色となって霞んでますが、地面はまだ固く、凍りついた雪の下の草のように私は冬ごもりをしているのです。

そう歌って、紫式部は苦しい胸の内を訴えることしかできなかった。

結局、紫式部は五カ月、実家に引きこもっていた。

「ただ、言い訳させてもらえば、あなたが出仕した頃、多事多難だったことは事実です」

「お話は伺いました」

十一月に内裏で出火があり、皇位継承の証でもある三種の神器のひとつ、八咫鏡《やたのかがみ》を安置している賢所《かしこどころ》が焼け、鏡も失われてしまった。

そのため、十一月末には里内裏として東三条院《ひがしさんじょう》へ移った。一条天皇の母であり、彰子には伯母となる藤原詮子《せんし》の邸だったところだ。

新年になって気持ちを切り替えようとした矢先、今度は新年の踏歌節会《とうかのせちえ》という天皇列席の行事において一部公卿が、大臣下大納言上であった藤原伊周への反発を公然と示した。伊周は言うまでもなく、皇后であった定子の兄。その人物への侮辱めいた反発で、行事はひりついた。

さらには除目《じもく》を巡り、左大臣・藤原道長と右大臣・藤原顕光《あきみつ》の争いがあった。

もともとこのふたり、仲がよくない。

右大臣の顕光は、万事抜けの多い無能者であり、儀式の運営ひとつまともにできない。藤原実資の日記にも「顕光の失態をいちいち書き留めていたら筆がすり切れる」

という最大級の罵倒が記されているくらいだ。

しかし、関白太政大臣を務めた藤原兼通《かねみち》の長男として血筋だけを頼りに生き伸び、右大臣まで来た。

欲はある。彰子が入内する前に娘の元子《げんし》を入内させている。

だが、元子に子はできなかった。

これには逸話がある。一条天皇の寵を求め、その皇子を授からんと熱心に思い詰め、あるとき腹が大きくなってきた。懐妊の兆候を得た元子だったが、産み月になっても一向に出産しない。安産祈禱をさせると水だけが流れて、赤子はとうとう生まれなかったという。

これにより、顕光と元子は世間から嘲笑された。

その翌年に、彰子が入内している。

元子は里邸へ下がったが、顕光は蓄財という観念が抜けているのか、娘といえど、いやしくも入内した元子の里邸の修繕は家人頼み。

道長が顕光を嫌悪する理由がまた増えたわけだが、その家人を除目で有利にしようと、顕光が横やりを入れてきたのである。

当然、除目は荒れた。

そんなこんながひと息ついた頃に、紫式部は戻ってきたのである。

ただし、様子が少し違った。

大晦日の出仕のときのように表情は冴えない。

だが、それは暗い雰囲気ではない。どちらかと言えば、ぽやっとして、つかみどころがないような感じを出してみせた。


『あらためて、よろしくお願いします』

『こちらこそ、うれしく思います。期待していますよ』

紫式部はほんわりと頭を下げた。

今度は、紫式部は藤壺に溶け込んだ。

紫式部が五カ月間、徹底して考えていたのは、「どうすれば宮中の他の女房とうまくやっていけるか」だった。

小少将の君や大納言の君とは、馬が合った。

けれども、彼女たちは上臈――彰子の側にいることそれ自体が務めの女房たちだ。

紫式部は実際に内裏を歩き回って物品を調達したり、人と折衝したりする。そのような立場の中臈女房たちと仲良くならねばならない。


そこで、紫式部は「おいらか」――こせこせせず、おっとりと、素直であること――に徹底したのである。

何を聞かれても、「私には、ちょっと……」。

意見を求められても、「さあ、とても難しくて……」。

歌をすすめられても詠まない。

漢籍を見せられても、そちらを見ない。

屏風に書いてある字はひらがなしか読めず、漢字は「一」さえも読めない。

反面、他の女房と同じ話題を楽しむようにした。

いわゆる噂話に、「まあまあ。それで?」と興味を持つようにしたのだ。

女房たちは驚いた。驚きながらも、受け入れた。

こんな人だと思わなかった。

すぐに漢詩とかを引用してきて、びしびし小言を言われると思っていた。

きっと私たちを見下していると思っていたけど、同じ人間だった……。

紫式部は、あっさりと女房たちに溶け込んだのである。

彰子が、先ほどとは違う感じでため息をついた。

「まさか、そこまであなたがやるとは思わなかった」

「私なりに考えた末の策だったのですが……」

すでに彰子には漢籍の教授をしているので、漢字を読めない振りをしているだけだというのは周知である。

「褒めるべきなのか、呆れるべきなのか」

「え……」

彰子がなぜか肩を落とした。

「せっかく左大臣が、心おきなく物語を書いてくれと呼んだのに、そのあなたに自分の才を隠すことで、周りになじむようにさせてしまったのですから」

「いえ。別に……なれていますので」

「なれている？」

紫式部は自嘲するように微笑んだ。

「幼い頃から、そのようにしてきました」

「幼い頃……？」

紫式部がやや背中の力を抜いて続ける。

「私の父・藤原為時は、ご存じのように紀伝道で漢学を学びました。私は幼くして生母を亡くしたため、父の側で幼少時を過ごしたのです」

あるとき、為時は紫式部のきょうだいである惟規《のぶなり》に漢学を手習いで教えていた。

ところが、惟規は漢学が嫌いなのか才能がないのか、とにかく物覚えがよくない。覚えてもすぐに忘れる。

そばで聞いているだけだった紫式部が、つい漢文の読み方の正解を口にしてしまった。

為時が紫式部に振り返った。

「お父上は、どうされたのですか」

「驚き、喜び――そして落胆しました」

「まあ」

「私を抱きしめて、父は言ったのです。『おまえが男の子でないのが、私の運のなさよ』と」

為時は自らの学問を息子に教授し、息子がさらに自分以上の漢学者となって、朝廷で存分の働きをするのを夢見ていたのだろう。しかし、息子である惟規は漢学がちっとも頭に入らず、そばで遊びながら耳学問をしていただけの娘の紫式部に、漢学の才能は引き継がれていたのだ。

「それは……」

「私は父が好きでした。父は『書心入れたる親』とでもいうほど、漢籍や関連する書物に囲まれていて、子供の遊び道具などありませんけど、私にはそれらの漢籍が遊び道具だったのです。けれども――」

「『おまえが男の子でないのが、私の運のなさよ』――」

「はい」

どうやら、女は学問ができてはいけないらしい、と紫式部が感じた、人生で最初の出来事だった。

以来、その感慨は深くなっていく。

幼い頃の女房たちのおしゃべりに。結婚したあとの家司たちの噂話に。

学問を鼻にかける男は嫌われがちだが、女性で学問ができるなんて……と耳にし続けた。

女性は「かな」さえできればいい、と考えられていた時代なのである。

「それは、つらかったですね」

紫式部が小さく笑う。

「つらい、とすら思いませんでした。そういうものだと思っていたので」

その果てに、物語を想像して世界を創造する喜びを見つけ、その物語世界からの祈りで現実世界に影響を与えることを見つけ出した
「でも――あなたは、新しいものを学びたいという欲求を抑えられなかったのですね？」

紫式部は、今度は少し明るく微笑む。

「はい。けれども、漢籍も日記も歌集も、あるいは仏典であっても、漢字が書かれているものを女が手にするのは顔をしかめられるのが、とてもつらく……」

「ええ」

彰子がうなずく。

紫式部には、どういうわけか彰子が自分の境遇に共感してくれているように思えた。

そのせいで、ふと口が滑った。

「思えば、花山院の落飾で、わが家の運命は大きく変わったように思います」

花山天皇は、もともと乱行の振る舞いで知られていた。

天皇即位の儀式の前に、天皇しか入れない高御座《たかみくら》に女房を引き込んで乱行に及んだなど、信じられない話がたくさんあった。

花山天皇には、ひどく寵愛した女御がいた。だが、彼女は天皇の子を身ごもったまま、急死してしまう。

その女御の死を悲しんだ花山天皇は、十九歳の若さで出家を考えるようになる。

天皇の腹心たちが何とか思いとどまるように一度は説得したが、藤原兼家《かねいえ》が、蔵人をしていた自らの子・藤原道兼《みちかね》を使って花山天皇の気持ちを煽り、出家させてしまった。

同時に、兼家は清涼殿にあった三種の神器を東宮だった懐仁《やすひと》親王のいる凝花舎《ぎょうかしゃ》に移し、天皇に即位させた。

これが一条天皇であり、一連の政変を「寛和《かんな》の変」と呼んでいる。

変の首謀者となった藤原兼家こそ、道長の父であり、彰子の祖父だった。

「どのように変わったのですか」

「父・為時は、花山院が即位の折に式部丞《しきぶのじょう》・六位蔵人《ろくいのくろうど》に任じられていました。ところが、花山院が落飾してしまうと官職から下がり、散位となってしまったのです」

散位とは、位階は保持しているが官職についていない状態であり、散位寮に登録して雑務に従事した。為時の強みである漢才を生かせないし、当然ながら収入は少ない。

その状態が十一年続き、やっとのことで為時は従五位下・越前守に叙任される。任地の越前国に紫式部も同行した。

すでに二十過ぎの紫式部だったが、妻のいない為時の身の回りをするためについて行ったのである。

「越前はいかがでしたか？」

紫式部は、少し考えてから答えた。

「あちらで父が宋人《そうじん》とやりとりをする機会がありました。書物を読むのと違い、どのような言葉が使われるかわからない会話でのやりとりは、なかなか難しくて」

「まあ」

「筆談の形でやりとりをしていたのですが、漢学で権威があると私が思っていた父でも、なかなかうまくいかないところもあり……。漢学ひとつとっても奥が深いものだと愕然としました」

聞きかじりでも学問の才能があると、内心では自ら誇るところがあった紫式部だが、現実の世界は甘くなかった。

まともな学問を受けていない女性の身では、いかほどのものになろうか。

これまでの自信が崩れた。

だが、代わりに湧き上がるものがあった。

「それで、どうしたのですか」

「都に戻り、可能な限り漢籍やそれ以外の書物にあたり、もっと学びたいと思ったのです」

彰子は目を丸くし、大きく息をついた。

「あなたは、本物ですね」

「中宮さま……!!」

本物。

そのささやかな、けれども決定的な言葉に、紫式部は胸が詰まった。

もうすっかり夜は更け、誰か女房の笑う声が聞こえてくる。

紫式部が彰子の言葉をかみしめ、のみ込むと、彰子がしゃべり始めた。

「花山院の落飾によって人生が変わったと言えば、私もそうかもしれませんね」

紫式部はうなずいた。

「花山院が天皇の位にあったとき、関白太政大臣だったのは藤原頼忠《よりただ》さま。権大納言・藤原実資さまの実父・斉敏《ただとし》さまのご兄弟であり、藤原公任《きんとう》さまのお父上。花山院が重く用いた腹心は別にいましたが、いずれにしても兼家さま、そして兼家さまの五男の道長さまが今日の栄華をつかめるかといえば、かなり難しい……」

「となれば、私自身も入内はしていなかったでしょう」

これにも紫式部はうなずいた。もしかしたら、大納言の君と小少将の君のように、血のつながりがある后の誰かの女房として出仕していたかもしれない。

同時に、いまの言葉の後ろに、「一条天皇以外の方に入内するなんて考えられない」という一途な思いが感じ取れて、少し微笑ましく感じた。

「人の世というものはわからないものです」

紫式部が静かに続ける。

「都に戻って書物を学びたいと思っていた私は、又従兄妹ながら歌をよく贈ってきていた山城守《やましろのかみ》・藤原宣孝と結婚し、娘を授かりました」

宣孝とは又従兄妹の関係にあるだけでなく、年も親子のように離れていたし、紫式部は四人目の妻だった。さらに言えば、宣孝は学問に秀でていたわけでもなく、いわゆる普通の中流貴族だったのである。

なお、娘・賢子《けんし》は、一条天皇と皇后・定子の子である敦康親王と同年の生まれである。

「その宣孝どのを亡くされて、『源氏物語』を書き出したのですね？」

「若い人のように次の恋を夢見る年でもありませんし――若かったとしても、そんな性格でもなかったと思いますけど――娘もすでにいたので」

それだけではない。

紫式部が次の夫を迎えなかったのは、宣孝の死が、自分の心に予想以上の衝撃と悲しみを与えたからだ。

初めての夫だったからか。かわいい娘の父親だったからか。母のいない家で母代わりをしてきた自分が、初めて深く愛されたからか。

学問や漢籍のほうが楽しいと思っていたけれども、実は情愛の深い自分がいたからなのか――。

そのどれかなのか、すべてなのか、とにかく紫式部は宣孝の死にしばらくの間、打ちのめされ切っていた。

その頃、こんな歌を詠んだ。

見し人の　けぶりとなりし　夕べより
名ぞ睦ましき　塩釜の浦

――慣れ親しんだ人が煙となった夕べから、塩焼く煙が立ち上るので、名も睦まじく感じられる塩釜の浦よ。

そこから、親しい人との手紙のやりとりを通して物語世界の魅力に触れ、自らも筆を取るようになり、工夫を重ね、いくつかの秀作のやりとりの中から『源氏物語』が生まれる。

その『源氏物語』が縁となって、いまここにいるのだ。

彰子も感慨深げにうなずくと、

「まったくね。人の世の運命とはわからないもの。――けれども、その運命にときに抗い、ときに挑戦するのもまた、人間」

紫式部は、やや目を細めた。

「中宮さま……今宵、お話しいただけるのですか？」

夜の寒さが急に背中に忍び込んだように思う。

女房の笑い声や笛が遠くで聞こえた。

彰子は衵扇を閉じ、背筋を伸ばす。

「私は入内してより今日まで、主上をお支えすることを第一義として生きて参りました」

「はい」

「ただ、ときとして主上のお心とは別に、公卿たちによって朝廷が動かされていることも否めない事実だと思うのです」

「はい」

うなずきながら、紫式部は静かに彰子を観察している。

彰子の声もまなざしも、平生と変わりない。

つまり、彰子は冷静だった。自分に、自分の言動に酔っていない。

「主上の大御心は、この国の安寧と人々の幸福がすべてなのです。なのに、位人臣を争い、禄をさらに要求し、本来なら国と人々のために働くべきところを、自分が働きたいように働いている者も散見されます」

「よくわかります」

それゆえに、紫式部は内心、畏れた。

彰子は尋常ならざる覚悟を固めている――。

そのまま彰子が続けた。

「私は左大臣たちのほしいままに国が動かされるのを、黙って見ていたくないのです」

「それは――」

紫式部は喉がかれた。

「主上がそのように仰せなのですか」

彰子は苦笑した。「主上はひたすらご自分に厳しくあられます。側で見ていて涙が流れるほどに」

噂では聞いたことがある。冬の寒さがひどくとも、「民が震えているのに、私が先に暖かな衣裳でぬくぬくするわけにはいかない」と薄着を貫き、女官たちが陰で「薄着の帝」と呼んでいる、と。

「それでは中宮さまが、おひとりで考えている……？」

「部分的には何人かの女房とも考えを共有しています。しかし、私がすべての本心を明かすのは、今日が初めて」

「ちゅ、中宮さま……」

紫式部は焦った。

次に彰子が言う言葉が、容易に想像できる――。

はたして彰子は言った。

「主上の名において――私の敵は、わが父・藤原道長」

予想どおりの言葉に、紫式部は思わず震えた。

「それは――」

「左大臣だけではありません。右大臣・藤原顕光であれ、敦康親王家を護る藤原行成であれ、その他の貴族たちでも、女官たちでも――私利私欲で主上に仕え、自分の損得で立場が変わるような人間を、私は絶対に許しません」

紫式部が知る限り、これほど公然と公卿たちを批判した后は、昔もいまもいない。

胸が早鐘のように暴れる。

それほどに彰子の発言は恐ろしく――痛快だった。

「ええ……ええ――そのとおりです」

紫式部は力を込めてうなずいていた。

彰子の若い情熱にほだされたのか。

いや、違う。

夫を亡くしたときに、自分がこれほど情愛のある女だと見せつけられたように、いま彰子によって、激しく忠義に生きたいと願う自分の本心を掘り当てられたのだ。

「私のために――いいえ、主上の大御心を安んじるために、あなたの力を貸してほしいのです」

「有り難いお言葉です。――しかし、私はひとりの物語作者。あまりにも微力……」

しかし、彰子は自信を持って首を横に振った。

「あなたはただの物語作者ではありません。『源氏物語』の作者なのです。私を支え、主上との絆となり、敦成を世に送り出す力となった」

「お、畏れ入ります……」

彰子の手放しの賞賛に、紫式部はかえっていつものおどおどが戻ってきてしまう。

同時に、紫式部は内心ぎょっとなっていた。

『源氏物語』は一種の呪いのようなもの――若宮出産の日の賀茂光栄の言葉を、彰子がどこかで聞いたのだろうか。

少なくとも、紫式部自身はそのようなことは言っていない。

ただでさえ、いろいろな評判がついて回る『源氏物語』なのだ。よくも悪くもこれ以上評判が増えてしまったら、一条天皇も読みにくくなってしまうのではないかと危惧してしまう。

彰子の表情を見る限り、賀茂光栄の言葉を知っているという感じではなかった。

彰子自身の気持ちとして、『源氏物語』が彰子を支え、一条天皇との絆を作り、敦成親王を出産する一助になったと思ってくれているようだ。

とてもうれしい。

葵の上が六条御息所の生霊によって命を落としたという物語が、形代《かたしろ》のようになって彰子の出産が無事にすんだのなら、『源氏物語』を書いてきた意味もあったというものだ。

もしかしたら、本当に自分の物語には――自分が書く言葉には、そのような力があるのだろうか。

だとしたら、決して一条天皇や彰子たちを害したりしないように、また道長などにいいように利用されないように身を慎まなければいけない……。

そんな気持ちを見透かしたのか、彰子が続けた。

「父はあなたの物語を、敦成誕生のために利用したと言えるかもしれません。それについては、私からも謝ります」

「そんな……」

「しかし、すでにここに親王は生まれた。さすれば、父は次にあなたの物語をどう利用すると思いますか」

彰子の問いに、紫式部は形のよい眉をひそめた。

用済みとして追い出してしまう、という可能性もないとは言い切れない。しかし、他人事として見たときに、『源氏物語』は大人気の物語であり、その作者もそこそこ有名だと思えた。

仮に、紫式部を用済みとばかりに出仕をやめさせた場合は、道長の政敵が物語作者として自分を雇うのは、すぐに予想できた。

それよりも、すでに一条天皇からも評価をもらっている『源氏物語』の作者を女房団から追い出すのは、どう考えても彰子の評判に傷がつく。

道長の権力の基盤は最終的には彰子によるのだから、「用済みとしての追い出し」は、ないだろう。

では、どうするか。

「も、物語を書き続けることで、主上と中宮さまの仲をより盤石なものにし、次の皇子をもうけることでしょうか」

「それももちろん考えているでしょう。しかし、それだけではないはず」

「それだけではない……？」

「皇后さまの子である敦康をないがしろにし、自分の孫である敦成を東宮とし、天皇にするために、あなたの物語を利用すると思っています」

彰子の予想に、紫式部は慄然とした。

だが、それを一方的に笑い飛ばすことはできない。

何しろ彰子は当の道長の娘であり、道長のやり方を誰よりも身近で見てきた人物のひとりだからだった。

「中宮さま、それは――」

詳しく聞こうと思って、紫式部は言葉をのみ込んだ。

左大臣・藤原道長が御座所にやってきたからだった。

第三章　伊周という男

藤壺の中宮御座所にやってきた道長は上機嫌だった。

「まだ物語りなどなさっていたのか。いくら産後の肥立ちがよいとはいえ、この年の瀬にあまり遅くまで起きていては、身体に毒ぞ」

酒でも飲んでいるのか、道長の頬が赤い。

格子《こうし》を開けて入ってきたせいで、冷気がどっとなだれ込んだ。

年末の都の風は指を切るようだった。

聞かれたのか、と紫式部はとっさに顔を伏せ、袙扇を広げて顔を覆った。

「久しぶりに紫式部と会えて、話が尽きませんでした」

彰子がおっとりと答える。

そこには先ほど、実父を一条天皇の敵として宣言した姿はない。

それこそ真冬の追儺の鬼にだまされたのかと思うほどだった。

道長は笑顔を崩さない。

「そうであろう。そうであろう。中宮さまの女房たちの中で随一の才媛だからな」

「いえ……私など、ただの不調法者で……」

紫式部は自らの顔を衵扇で隠したまま、ほんわりと答えた。

「何を言うか。新しい『源氏物語』の写本、読ませてもらったぞ。どんどん引き込まれていく。ははは。これからも頼むぞ」

「はい……」

彰子に二言三言話をして、道長は「そろそろ休まれるように」と言い置いて、出て行こうとする。

先ほどの話を聞かれていた雰囲気は感じられない。

紫式部はほっとした。

ところが、出て行くと見せかけた道長が、振り返ってこう言うではないか。

「紫式部もそろそろ局に戻ったらどうだ。小少将の君が待っていたぞ」

「さ、左様でございますか」

ここでこの場に居座るのも、いつもの自分らしくない。紫式部は彰子に礼をし、下がることにした。

彰子もそれを許すように、うなずき返している。

簀子に出ようとしたところで、紫式部は道長にまた声をかけられた。

「そういえば、紫式部」

「はい」

ちょっと大きな声になった。彰子にも聞こえるようにと思ってのことだ。

「光源氏と藤壺の間に不義の子ができたのだよな？」

「中宮さまの御座所が『藤壺』ですから、やはり気になりましたか」

いまさらあれこれ言われても困るのだが、これは事前に彰子には確認済みのことだった。光源氏と、彼が密かに思いを寄せる藤壺女御が通じ合ってもよいか、その結果、子ができてもよいかと尋ねている。

彰子は苦笑とともに許してくれた。

中宮が許してくれている以上、左大臣が何を言っても、そのまま突っ走るつもりの紫式部である。それにもう、冊子になっている。

「そこのところは別にいい。それよりも、不義の子の名などは、もう決めているのか？」

「いいえ。まだ」

「そうか、そうか」

するると、道長はいま思いついたという顔で言った。

「光源氏と藤壺女御の子は、そのまま次の帝になるのだよな？」

「そのつもりです」

ふたりは死ぬまでこの秘密を守り通す。愛だけではなく、苦しみに満ちた秘密で、ふたりはつながれているのだ。

「それなら、冷泉帝《れいぜい》としてはどうかな？」

「冷泉帝、ですか」

紫式部はとっさにどう反応するのが正解か、わからなくなった。

冷泉という院号を持つ天皇は、三代前に実在している。十八歳の若さで即位したが、東宮時代から気の病のきらいがあり、藤原実頼《さねより》が関白についたが、即位後すぐに後継の検討が始まっていた。

在位はわずか二年。円融天皇に譲位後は、太上天皇として冷泉院と呼ばれた。

そして、これがもっとも紫式部を混乱させたことだが、冷泉院はまだ存命している。

存命の院の院号を、不義の子の名として使わせようとする？

いったいどのような思惑があるのだろう。

「すでに朱雀《すざく》帝が出ている。次は冷泉院。なかなかよいと思うのだが」

「少し考えさせていただいても、よろしいでしょうか」

中宮のところへ戻るわけにもいかず、紫式部は局に戻ることを選んだ。

局には、やはりこちらも久しぶりの小少将の君がいて、紫式部を笑顔で出迎えてくれた。久しぶり、と返しながらも、紫式部の気分は晴れない。

これまで道長は、『源氏物語』を紫式部の好きなように書かせていた。

道長も『源氏物語』を読んで気に入ってはいたが、政治の道具としての『源氏物語』について言えば、魅力的な内容もさることながら、継続的に写本が出て、一条天皇の興味を引き続けることが重要だった。

『源氏物語』が出続ける限り、一条天皇の興味を引き続け、彰子のところへ足繁く通ってくれる一助となるだろう、という企みである。

そのため、原稿の催促くらいはあったが、内容についての介入はほとんどなかった。

むしろ、自分が早く読みたいという欲が勝ってしまい、原稿をこっそり盗み出して、新しい帖が遅くなったくらいだ。

それが、登場人物の名を指定してきた。

これも、敦成親王を東宮にしていくための布石なのだろうか。

ああ、それにしても、彰子との会話を聞かれていなかったかが気になって仕方がない……。

「どうしたの？　紫式部」

と、小少将の君が首をかしげた。

そのかわいらしい表情に、紫式部は気持ちがほっとする。

「ううん。何でもない。……今年ももうすぐ終わりだなぁと思って」

嘘ではない。

やはりどんなに忙しくても、頭を悩ませることばかりであっても、年が変わるとい

うしみじみした思いは湧いてくるものだった。

「今年は中宮さまのお産が、いちばん大きな出来事だったたね」

「そうね。本当に無事にすんでよかった……」

「このまま中宮さまの幸せな日々が続くといいなぁ」

「そうね」

心の底からそう思った。

すると、小少将が苦笑めいた表情になった。

「他の女房たちはちょこちょこ噂してるの」

「何を？」

「次のご懐妊はいつだろうって」

紫式部は目を白黒させた。

「何と気の早い」

出産というのは命がけの大仕事だというのが、わからないのだろうか。

そういうことがわからない、若い女房どもが双六のように楽しんでいるのだろうか。

小少将も呆れている。

「本当よね。……でも」

「でも？」

「次のご懐妊、私は何だか早くありそうな気がする」

「まあ」

「だって、いまの中宮さま、とてもおきれいだもの」

「それは——そうね」

敦成親王を産んだ彰子は、日に日に美しく輝いてくようだった。

となれば、一条天皇が彰子を寵愛するのは道理だろう。

その結果、第二子の懐妊となるかもしれない。

うれしいことであるが、まずは彰子の身体が心配である……。

紫式部が彰子の身体を案じていると、小少将が急に違うことを言った。

「けれども、紫式部もきれいになったよ？」

予期せぬ言葉に、紫式部は面食らった。

「わ、わ、私？」

声が裏返る。頭がくらくらした。

そんなはずはない、と思う。

道長から意図のわからない注文を受けて悩んでいるというのに。

「昔より生き生きしているみたい」

「と、年上をからかうものではありません」

そのときだった。

「なんということっ」

という女性の大きな声がした。

紫式部は耳を疑う。

「いまの声……中宮さま？」

傍らでくつろいでいた小少将の君が、険しい顔になった。

「私にも中宮さまの声に聞こえました」

「中宮さまが、あのような大きなお声を発されるなんて」

紫式部もさすがに慌てた。

彰子でなかったとしても、かような大声が後宮で発されるのは尋常ではない。

紫式部は近くで針仕事をしていた女蔵人の内匠《たくみ》の君《きみ》を捕まえると、「とにかく来なさい」と、先に押し立てて彰子の間へ向かった。

そのときである。

簀子の向こうから、乱れた足音がやってきた。

「な、何者ですか⁉」

内匠の君が健気に声を張る。

布で顔を隠した男がふたり、誰かの衣裳を抱えていた。

紫式部が金切り声を上げる。

「畏れ多くも中宮さまのいらっしゃるところで、何をしているのですか⁉」

盗人のひとりが、腰をかすかに落とした。

襲いかかってくるのか――。

しかし、もうひとりが相方の肩を押さえた。

「あれは紫式部だ。手を出すな」

「あ？　そうか……」

ふたりの盗賊は庭へ逃げていく。

紫式部はそちらを追うのは誰かに任せ、まずは盗賊たちが出てきた方向へ——中宮御座所のほうへ急いだ。

彰子の御座所のそばで、靫負《ゆげい》、小兵部《こひょうぶ》というふたりの女房が、衣裳をすべて剝ぎ取られて、裸でうずくまっている。ふたりとも震え、泣いていた。出血はない。

盗賊が来て、ふたりの衣裳を奪い取っていったのだ。

身の毛のよだつ思い、とはこのことだった。

目と鼻の先に中宮・彰子がいたのである。彰子に何もなかったのは、不幸中の幸い以外の何ものでもなかった。

宮中の台所係の男たちも武士たちもみな出払っている。鬼遣《おにや》らいが早くに終わってしまったせいもあった。

「殿上の間に、兵部《ひょうぶ》の丞《じょう》という蔵人がいるはずだから、呼んできなさい。いますぐ！」

平素なら、はしたないという気持ちが先に立ってそんなことできないのだが、紫式部は背筋を伸ばし、声を張り、指をさして指示を下していた。

兵部の丞とはきょうだいの藤原惟規——幼い日に、父・為時による漢学の手習いがまったく理解できなかった童であり、そばにいた紫式部がすらすらと素読してみせた――のことである。

ところが、兵部の丞も帰ってしまっているという。

何て要領の悪い奴！

小さい頃の一件といい、今回といい、紫式部は歯ぎしりする思いだった。

結局、別の人物が駆けつけ、方々の明かりをつけて回った。

盗賊はふたりの衣裳を剝いだが、それ以上の盗みは働かなかった。だから、とりあえず用意できる衣裳はあったし、明日になれば正月用の衣裳を身につけられるだろう。

彰子は無事だった。

「紫式部」

「中宮さま。ご無事でしたか」

「ええ。それにしても、あなた、こういうときにてきぱきと動けるのね」

紫式部は耳が熱くなる。

「しかし、肝心のきょうだいがいませんでした」

「こういうときに指示を出せるのは、たいしたことです」

彰子はずいぶんひいき目に見てくれるが、そんな立派なものではない。いまだって、先ほどの皸負、小兵部の裸を思い出しては、恐ろしさのあまり気が抜けて、かえって笑いがこみ上げてきそうになっているのに。

内裏から出ようとしていた道長が、引き返してきた。

「中宮さまは。親王さま方はご無事か」

甲高い声が大晦日の夜に響く。

「はい。ご無事です」と、彰子と従姉妹の宰相の君が道長を彰子のところへ案内していた。

紫式部のそばを、道長が通る。

そのときだ。

道長が紫式部に小さく声をかけた。

「大変だったな」

「いえ……」

道長と目が合う。

つららのように冷たい目で、道長が紫式部に笑いかけていた。

「おぬしでなくてよかったな……次はわからぬが」

全身が粟立つような、ぞっとする声だった。

慌てて道長のほうを振り向くが、もう背中しか見えない。

夜が明けて、新年になった。

けれども、昨夜のことがあり、みなどこかそれどころではない。

本当なら、九月に生まれた敦成親王の前途を祝して、頭上に餅を戴かせる戴餅《いただきもちい》をするところだが、日が悪いということで、三日に延期になった。

そのせいで、暗い話など忌まれる年初からそのような話題で持ちきりである。新年の言祝《ことほ》ぎの空気にまるで不釣り合いな、女房たちの困惑と混乱ぶりが散見されるが、どうすることもできなかった。

その様子に、彰子も苦笑を禁じ得ない。

「一晩寝て落ち着いたところで、好奇心のほうが勝つとは」

「人というものは、浅ましいものです」と、紫式部。

「ええ。そのうえ、たくましいもの。――ひどい年始の挨拶になったこと」

「はい」

「それもこれも、私の不徳の致すところ」

「いいえ。中宮さまに、そのようなことは」

彰子で不徳であれば、自分など無徳あるいは非徳だと、紫式部は思ってしまう。

さっそく一条天皇からお見舞いの言葉と品が届き、敦康親王も真っ青になって義母である彰子と、弟の敦成親王の身を案じに来た。

「母上、大丈夫でしたか」

「ありがとう。私も若宮も無事でしたよ」

新年の挨拶よりも先に、敦康親王が涙をこらえているのも、胸が打たれることだった。

彰子が他の女房たちを遠ざける。紫式部は膝行《しっこう》して、彼女のそばについた。

「このようなときで心苦しいのですが、少し、お耳に入れておいた方がよいのではないかと思うことがありまして……」

「聞かせてちょうだい」

「さ、昨夜、ここから下がったときに、左大臣さまが妙なことを私にお命じになったのですが……」

紫式部は、道長が「不義の子」を冷泉帝と名づけよと言ってきた話をした。

彰子は脇息にもたれながら、遠目にはわからない程度に顔をしかめる。

「左大臣がそのようなことを……」

しばらく彰子が視線を外して、黙した。

その沈黙に耐えられなくて、紫式部は勝手にしゃべり出す。

「あのぉ。桐壺帝と弘徽殿の女御の子――光源氏の異母兄――は、朱雀帝としたのですが、これは朱雀帝がもともとよい方だったので、別に問題はないかと思っていまして……」

「ええ。嫌みな弘徽殿の女御と比べれば、あまりにもお人柄のよい方でしたね」

「それともうひとつ。『桐壺』を書いたときに、どの天皇の御代だったかはわからないけれども、とことわって物語を始めたのですけど、読んだ人たちであれこれ考察が始まりまして」

「そうでしょうね」

「それで、弘徽殿の女御の子を朱雀帝にしたのです」

朱雀帝のもととなった朱雀天皇は、醍醐《だいご》天皇の子である。

醍醐天皇は二十人近い女御や更衣という后たちを迎え、三十六人の子を授かった。

その中には、世人をして光源氏の着想元になっているのではと噂された源《みなもとの》高明《たかあきら》もいる。

これによって、読み方によっては「桐壺帝」は醍醐天皇を念頭に書かれたのだなと、考察好きな読み手に無言のうちに回答めいたものを提供したのだった。

「しかし、『不義の子』を、まだご存命の冷泉院と同じ院号にするとなると、重さが違ってきますね……」

「そうなのです。それによって、左大臣さまは何をしようとなさっているのか……」

ややあって、彰子が額を押さえながら、

「他に、左大臣の動きで気になったことはあった？」

「あと、ですか……」

そのあととなると、例の盗賊の一件になる。

大騒ぎのあと、道長がやってきて……。

道長の冷酷なまなざしを思い出して、ぞくりとした。

「何かありましたか？」

「あの、もしかしたら、私の聞き間違えだったかもしれないのですが」

とことわって、紫式部は道長の『おぬしでなくてよかったな……次はわからぬが』

という言葉を伝えた。

彰子は袙扇を優雅に開き、顔を隠す。

「それは……」

「いえ。その。もしかしたら、盗賊騒ぎのあとなので、私も気が動転していただけかもしれませんし」

「そうは思えません」

彰子はぴしゃりと言った。

「私の大切な紫式部になんてことを」

怒る彰子の言葉に、紫式部はむしろ身内が震えるほどに喜びを感じた。

私の大切な紫式部、などという有り難い言葉をいただけるとは……。

彰子は自分の女房やその縁者を大切にする人物だった。

一度出仕を始めた女房は、よほどのことがない限りは、彰子の側から暇を申し渡すことはない。

出仕早々、勝手に実家に帰り、五カ月も出仕拒否をした紫式部が、いまだに「女房」をやっていられるのは、ひとえに彰子のこの性格ゆえだった。

女房だけではない。そのきょうだいや親族などでも、勤め口を欲している者がいれば、可能な限り面倒を見てくれた。

女房として招けるなら招き、土御門第の家司に雇えるなら雇い、他の貴族に紹介したり、大内裏の省につなげたり、心を配ってくれていた。

これを、たとえば道長がやれば自分の派閥を作ろうとがんばっているのだなと思われるのだろうが、彰子がすると無欲の行為に誰もが思う。人徳の違いだろう。

そのような彰子であるが、まさか自分にもこれほどの言葉をくださるなんて。

「と、とても有り難いお言葉なのですが……。中宮さま。昨夜の私たちの話を聞かれていたから皮肉を言った、ということはないでしょうか」

「その可能性もあるかもしれません」

祖扇で顔を覆ったまま、彰子が答えた。

「やはり、聞かれていたのでしょうか……」

そのことがしきりに気になったのだが、彰子は少し話題を変えた。

「昨夜の盗賊でしたが、おかしなところはありませんでしたか」

何度か考えて、紫式部が報告した。

「と、盗賊が……なぜか私を知っていたようなのです」

彰子が眉間にしわを作った。

「あなたのことを知っていた……？」

「はい。私を見て、『あれは紫式部だ。手を出すな』と」

「ふむ……」

「……それと、これはたぶん関係がないと思うのですが」

「どのようなことでも大丈夫。他に何かおかしいと思ったところがあったら、話してみて」

「…………」

紫式部は押し黙った。

そこを考えるのか、と嫌な気持ちになる。

「ありませんか」

彰子が言葉を重ねた。

物語でも、登場人物たちが悩み苦しむほどに、読み手にはおもしろいものだが……。

「……中宮さまがまったく無傷であり、靫負と小兵部の衣裳以外は何も盗まれていないことが、不審といえば不審……」

彰子は大きく息をついた。

「私は盗賊を見て大きな声を出しました。それで盗賊どもは逃げていったとも思えるのですが、やはり盗んでいったものが少なすぎる。近くにあったしつらえでも几帳の布でも、何でも盗ればよかったのに」

「はい」

「しかも」彰子は衵扇を閉じて言った。「あなたの話では、盗賊たちはあなたのことを知っていた」

「そのようです」

「そのうえ、盗賊はどこへ行ったかもわからないとか」

「それは――」

大晦日の夜とはいえ、いやしくも中宮――それも数カ月前に若宮を産んで、天皇の寵愛が深い中宮――のいる藤壺に盗賊が入ったのだ。全力で捜し出し、すぐに捕まえてしかるべきはずである。

盗賊のほうも、先ほど紫式部も彰子も指摘したように、盗んだものが少なすぎる。

藤壺は内裏の中でもかなり奥まったところにある。

内裏の他の建物に盗賊が侵入した痕跡はなく、まっすぐに藤壺を目指したらしいことはわかっている。

それなのに、実際の犯行は稚拙と言えた。

先ほどからの嫌な気持ちに、さらに嫌なものが注がれ、形を作っていく。

「紫式部。どう思う？」

「……あくまでも、物語作者の妄想としてお聞きいただければ」

「ぜひ聞かせて」

「あの盗賊たちは、盗みそのものに目的はなかった。いや、いわゆる盗賊だったかも疑わしい」

「ふむ？」

「昨夜の盗賊の侵入は警告。『いつでも藤壺に入り込み、中宮のところまで行けるのだぞ』という見せしめ」

「ふふ。いとをかし」

彰子がほんわり微笑んでいる。

「続けて。誰がそんなことをしたのかしら」

「それは……」

紫式部はさすがに言い淀んだ。

「誰かしら？　怒らないから、言ってご覧なさい」

それでも何度か考え込み、しかし同じ結論に達し、紫式部は扇で口元を隠しながら言った。

「左大臣さまが、中宮さまを脅しているのではないかと思います」

とんでもない考えである。

いくら温厚な彰子とはいえ、怒り出してもおかしくない。

しかし、彰子は妙にさっぱりした表情で小さく笑った。

「ふふ。やはりそうなるでしょうね」

「……まさか、中宮さまも同じことを？」

「言ったでしょ。私の敵は左大臣。されば、その逆も成り立つ」

紫式部は呼吸が苦しくなった。

「どうして……親子でそのようなことが……」

「親子だからよ」

彰子は紫式部を慰めるように目を細める。

「親子だから、父は私をいつまでも自分の思うとおりに扱えると思う。しかし、私はすでに主上の后。親子の立場を超えて、なすべきことがあるのです」

中宮とはそれほどに重いのかと、紫式部はいまさらながらに感じた。

紫式部の見るところ、彰子は情愛の深い性格だ。

本来なら政治的に敵対関係にあるはずの皇后・定子の遺児である敦康親王をわが子同然に扱い、女房やその周辺の人々を大切にし、何よりも一条天皇を第一に考えている。

そんな彰子が、自分の気持ちだけで父をそこまで敵と認識するはずはないと思った。現に、母である源倫子とはいつも水入らずの仲の良さである。

母だけでなく、父の恩も十二分に感じ、感謝し、おろそかにしているようには思えない。

それなのに、である。

このように考えざるを得ないものなのか——。

紫式部が自分の気持ちをどのように表現すべきか迷っているときだった。

「中宮さま。権大納言右大将・藤原実資さまがお見舞いに来られました」

簀子のそばで小少将の君が呼ばわった。

「お通ししなさい」と、彰子が答える。

紫式部はするりと身を翻し、彰子の斜め後ろに位置した。

実資とは、几帳越しの対面である。

「中宮さま。昨夜は盗賊の侵入があったとのこと。中宮さまも実際に被害に遭われた女房のみなさまも、どれほどご不安な思いをなさったかと、臣下として大変心苦しく、心よりお見舞い申し上げます」

黒い束帯姿の実資が見舞いの言葉を述べた。

日記之家と称される、律令政治の歴史と暗黙知を集結させた人物である。涼やかな目をしていた。年が明けて五十三歳。左大臣・道長より九歳年上だ。髪に白いものが目立ち始めたが、父祖伝来の日記を始め、有職故実《ゆうそくこじつ》に通じた当代一の教養人らしく、額や眉に聡明さがにじみ出ているようで、紫式部は道長に対するよりも落ち着くところがあった。

もっとも、ただ教養を持っているだけではなく、それによって自分も他人をも律している実資なので、ときに道長にぶつかる。

ということは、彰子との関係も微妙なときがあり、紫式部も評価に迷うときがある。

「早速のお見舞い、まことにありがとうございます」

彰子が返した。

「滝口《たきぐち》の者どもはじめ、これからしばらく藤壺周りは厳重に護らせます」

実資は右大将であり、宮中警固の責任者のひとりである。

「それは安心です。けれども、おそらく盗賊は捕まらないような気がするのです」

「…………」

実資が沈黙した。この沈黙は同意と捉えていいのだろうか。

するとと彰子が誦した。

「其言直而切　欲聞之者深誡也」

実資が、はっとした表情で御簾越しにこちらを凝視している。紫式部も驚いて彰子を見た。

――その言葉が率直で切実なのは、聞く者に深く自戒してほしいから。

紫式部が教えている『新楽府』の序の一節である。

「中宮さま……」

実資が目を白黒させている。無理もない。女は「かな」だけでよいと言われている昨今、いまめかしいと言われた定子ではなく、その反対のおっとりした后と見られていた彰子が、不意に漢籍の一節を口にしたのだ。

「中宮として主上をお支えするのに、私なりに少しずつ努力を重ねているのです」

「はっ……」

実資が頭を下げた。

彰子は実資をこちらに引き込もうとしているのか、と紫式部は直感した。

実資は深い学識と教養の人間である。政の中心にいないぶん、その筋を通すこと、まさに賢人の如くあった。

そういう人間は、自分と同じく学識のある人間を好む。それが意外な人物から発されたものであれば、なおさらだ。

平たく言えば、実資は彰子を見直しただろうと思ったのだ。

「権大納言。あなたの智恵を借りたいのです」

「私の……?」

実資は困惑した。

「それはまことですか」

「まことです」

「しかし、その……私は中宮さま入内の折に——」

実資があいまいな物言いをした。

長保元年、彰子入内のときである。

左大臣・道長は大喜びするとともに、とにもかくにも天皇の気を引こうと躍起になっていた。

そこで、調度品のひとつとして四尺の屏風を作らせることを思いついたのだ。ただの屏風ではない。そのときの公卿らから歌を募ったのだ。

そのうえ、藤原公任を選首とし、書家としても知られた藤原行成に書き付けさせることにしたのである。

ここに、自らが乱に加担した花山院の歌までもとりつけたのは、すさまじいものがあった。

ところが、実資だけは「大臣の命を受けて屏風に歌を作るなど、未だに前聞なし」と突っぱねた。当時の実資は中納言だったが、左大臣・道長から何度催促されても、首を縦に振らなかったのである。

彰子はほんわりと笑った。

「うふふ。いったい何年前のことをおっしゃるのですか。むしろ私は、きちんと筋を通された権大納言の清廉さが、年を経るごとに大きく評価されていると思っています」

実資が静かに微笑んだ。

「畏れ入ります」と頭を下げ、顔を上げるとともに笑みを消した。「この実資、年を取り、いささか気短になってきました。私が伝授できること、中宮さまがお望みのことを、率直にお聞かせください」

「ええ。私にも、それからここにいる紫式部にも、今後、智恵を貸してほしいのです」

「紫式部どのがそこにいたのですか」実資が驚く。「ああ、御簾越しにうっすらともうひとりいらっしゃるのが、いまかすかにわかりました」

そうだろう、と紫式部は思った。気配を消して隠れているのには自信がある。しかし、彰子にばらされてしまっては仕方がない。

「ご、ご挨拶が遅れまして、あの、まことに申し訳ございません」

「いいえ。こちらこそ、気遣いができておりませんでした。『源氏物語』の新しい帖、私も読ませていただきました。さっそく次が気になっています」

「ああ、はあ……」

実資のような教養人からそのように言われて、ちょっとうれしかった。

彰子が問うた。

「権大納言や右大将として、というよりも、実資どの個人として、昨日の盗賊騒ぎはどのようにご覧になっていますか」

実資はちらりと周囲を確認した。余計なことを聞かれてはまずいと思ったのだろう。

「私個人としては、極めて奇異なことだと思っています」

「どのように？」

「年によっては、大晦日からそのまま新年の行事の準備に入ることもありますから、内裏が手薄とは限らない。昨年はたまたま追儺が早く終わったから、蔵人や滝口の者どもも早めに引き上げ、新年に備えることにしました。それで、後宮の殿舎が手薄になった」

紫式部はつい口を挟んだ。

「わ、私も、同じように思っていました。こちらのことを知っているのではないか、と」

「はは。紫式部どのと同じとは心強い」

実資が笑う。だが、すぐに声を低くした。

「今回の盗賊、捕まらないやもしれませぬ」

「それは、こちらの状況を知っていた者が関与していたかもしれないから、ですね？」

彰子の言葉は、質問ではなく確認だった。

実資がうなずく。

「おそらく」

別の殿舎で新年の遊びの声が盛んに聞こえる。寒い中、蹴鞠をしている者もいるようだった。

かなり迷った末に、紫式部は再び口を挟んだ。

「左大臣が関与しているかもしれない、と私が言ったら、どう思われますか？」

彰子が驚いて紫式部を振り返る。

黙っていたら、たぶん彰子がその問いを発していただろう。

しかし、実資がまったくの味方と断定できないいまの段階で、彰子にそこまで踏み込ませてはいけない。

自分は彰子を護るのだ。

実資はため息をつき、額をこするようにした。

「……私も同じことを考えていました、と答えるでしょう」

実資の答えに、紫式部は「実資は敵ではないらしい」と安心するとともに、最後の希望を絶たれたような気がした。

やはり、道長はいまや彰子の敵なのか。

「動機は？」と、彰子が聞く。

「畏れながら、中宮さまは入内なさった頃から比べれば、年を重ねられました。敦康親王をわが子同然に愛され、敦成親王をお産みになりました。そうなれば、徐々に左大臣の娘ではなく、親王の母としてのお気持ちが強くなる。それは左大臣にとってはおもしろくない」

「おもしろくないという気持ちと、盗賊を差し向けるということには間がありませんか？」

紫式部は自身の疑問をぶつけてみた。

「左大臣は焦っているのでしょう」

「焦っている？」

「一日も早く、自分の血を引く孫である敦成親王を主上の座につけたい、と」

「なぜ、それほどに……。そんなに早く自分の権勢を強めたいものでしょうか」

実資は小さくうつむいて、それから紫式部に呼びかけるように答えた。

「左大臣は飲水病の持病があります」

「あ」と言ったきり、紫式部は彰子のほうを見た。

彰子はこちらを振り向かない。

飲水病とは、いわゆる糖尿病のことである。

水ばかりを飲むようになり、痩せ細り、死に至る病とされているのだが、人によって進行の早さがあまりにも違うのも特徴だった。

道長は若い頃からこの宿痾《しゅくあ》を背負っている。ゆえに、自分がいつどのようになるかという不安はつきまとっているだろう。

「左大臣の場合、単なる権勢欲と言い切れないところもあるかもしれません」

という実資の言葉の意味を、紫式部はこう表現してみせた。

「父親を亡くした皇后さまに自らがなした業が、報いると思っているのですね？」

「おそらくは」

実資が答える。

入内した后たちは、実家――特に父の権勢の後ろ盾があればこそ、主上の寵を受けても他の者の嫉妬や中傷からも護られる。これは『源氏物語』の第一帖である「桐壺」で描いたことでもあった。

皇后・定子は父の道隆を亡くしたあと、政治的に不安定な立場になり、そこへ道長が彰子を入内させた。定子は若くして崩御し、結果として彰子が一条天皇の寵を一身に受ける立場になった。

持病を抱える道長は、自らのなした政治的策略の数々が跳ね返ってくることを恐れている。それは、自分が死ねば娘と孫を不幸にさせるという、親としての本能にも似た恐怖である。

だから、実資は同じ男親の立場として、ただの権勢欲とは言い切れないと言ったのだろう。

「お身体の問題がありましたね……」

紫式部がため息とともに言葉を吐き出す。

「しかし、それ以上に左大臣が焦っていることがあるかもしれません」

「それは何でしょうか」

「臣下としてこれを言っていいのか……」

実資が苦しげにした。

「かまいません。中宮が許します」

彰子が凛と言い放つと、実資は小さく頭を下げてから続ける。

「村上《むらかみ》天皇のあと冷泉天皇が立たれましたが、すぐに立太子を巡って藤原氏と源高明どのの対立が始まり、最後は安和《あんな》の変《へん》となりました」

「それにより源高明さまは失脚され、守平《もりひら》親王が東宮になられた」

「紫式部どののおっしゃるとおり。そして、守平親王は円融天皇となられたわけですが、守平親王を庇護していた藤原兼通と、弟の兼家の間で、関白職を巡って対立が起こりました」

兼家と円融天皇は互いに譲歩した。

兼家は娘の詮子を入内させ、円融天皇は詮子との間に生まれた懐仁親王の立太子と引き換えに、冷泉天皇の皇子・師貞《もろさだ》親王に譲位し、自らは太上天皇となった。

なお、師貞親王は即位して花山天皇となり、懐仁親王は一条天皇となった。

「兼家さまのせいで、皇統が冷泉系統と円融系統の二系統にわかれてしまった

「……？」

「そうです。その二系統で順番に皇統を継ぐようになり、現にいまの東宮は居貞親王《おきさだ》――冷泉院の第二皇子。そのため、いまの主上の皇子である敦成親王が皇位を継ぐのは、少なくとも居貞親王が新しい主上となったあとに東宮とならねばなりません」

「主上は三十歳というだけでも、敦成親王が皇位を継ぐのはかなり先のように思われるのに、間にはさらに居貞親王が東宮として待っていらっしゃる……」

紫式部にも全体像が見えてきた。

幼い天皇であるからこそ、自分の意のままに政治が行なえるし、その延長上であるからこそ、大きくなった天皇でも祖父が実権を握れる。

「そのような背景があるため、左大臣はこれからなりふり構わぬようになるかもしれません」

実資が危惧しているが、紫式部としては「なりふり構わない姿こそが道長の本領発揮なのではないか」という気持ちがあった。

関白といい摂政といい、入内した娘が皇子を産まないことには絵に描いた餅にすぎない。絵に描いた餅は食えない。しかし、皇子が生まれれば、餅は手に取れるようになる。

彰子が深くため息をついた。

「そういう背景でしたか。よくわかりました」

「もっとも、皇統が二系統にわかれているいまの状況、私も好ましいとは思っていません」

「権大納言さまはどのようにお考えなのですか」と、紫式部は訊ねる。

「左大臣のような考えを持つ人間が出てくるからです」

「自分の仕える皇統が今上である場合、次に主上を輩出するのは次々代になる。そのため、それぞれの皇統に仕える公卿たちが、自分の支持する皇統の主上を出すためになりふり構わぬようになって、国がふたつに割れる……」

「紫式部どののご推測、まことに正しいかと」

彰子が深いため息をついた。

「それは……よくありません」

「おそらく一条天皇も、そのようなことは望んでいないと愚考します」

「権大納言の言うとおりです」

「畏れ入ります。――以上は、あくまでもこの実資の見立てです」

実資が頭を下げた。

「なるほど……。そういうこと、だったのですね」

「紫式部?」

彰子がこちらに振り向いた。

彰子にうなずき返すと、少しだけ膝行し、彰子にも実資にも近づいた。

「左大臣さまは私に、『源氏物語』における不義の子を『冷泉帝』と名づけよと命じたのです」

紫式部はあらためて、実資に事情をかんたんに説明する。

話を聞き終わると実資は唸った。

「ううむ……。たしかに冷泉院は気の病を患っているとされるが――」

巷間噂されているだけでも――。

幼少時、父である村上天皇からの手紙の返事に、陰茎の絵をでかでかと描いて返した。足が傷ついても蹴鞠を続けた。病気で伏せっているときに、大声で歌い続けた。清涼殿近くの番小屋の屋根に登って座り込んでいた。退位後、御所が火事となって避難するとき、牛車の中で大声で歌っていた……。

冷泉天皇の奇行については、外戚の地位を奪われた藤原元方《もとかた》の祟りだとも噂されている。

「そのようなお振る舞いのないときには、容姿端麗なお姿であられたと伺ったことはありますが、『源氏物語』を書くにあたって、陰陽師や密教僧の方々の話を聞いてみると、もののけや生霊が取り憑いて暴れるような方でも、そのようなものの影響がないときには、別人のように穏やかなこともあるとか……」

陰陽師や密教僧から聞くところによれば、取り憑くものと取り憑かれるものは同じ心を持っていると言う。

もののけにしろ、生霊にしろ、この世ならざる存在――目に見えない存在だ。目には見えない存在がこの世の人間の何を見るかと言えば、この世の人間の持つ、目に見えないもの――心しかないだろう。

心の問題となれば、それは容貌や頭の善し悪しなどとは関係がない。

すばらしい容貌を持っていても心のなかが真っ黒であれば、同じような真っ黒い心を持ったあやしのものが近寄ってくる。

だが、心をごまかすこともできるのが、生きている人間だ。

あやしのものが何らかの拍子で離れれば、もとの人間になる。そのときに、あやしのものと同通するような心のなかの闇の部分を隠してしまえば、一見、取り憑かれた人間と取り憑いたものは無縁のように見える――。

「藤原家はじめ、すべての貴族やその家族、国の民たちが、よくも悪くも日々に思い続ける対象が主上でもある。それだけ人の思いを受け続けていれば参ってしまう方もいるだろうとは、私も知り合いの陰陽師から聞いたことはあるが」

実資が嘆息した。

「もちろん、冷泉院を貶《おとし》めるためにそのような噂が流れているのだという話も聞いています」と紫式部は付け加え、「そこに、さらに『源氏物語』で『不義の子』の名として使われたら、どうでしょうか」

彰子が静かに答えた。

「ますます評判が落ちるでしょうね。それどころか、冷泉院の皇統は非常に貶められるかもしれません」

「それによって利を得るのは——円融院の皇統に連なる主上とその親王たち」

こう指摘した実資に、紫式部はダメ押しの一言を乗せた。

「その中でも敦成親王に主上に即位してもらって、摂政になりたいと願う左大臣さま」

紫式部の結論に、彰子と実資が黙ってしまった。

それぞれが何を考えているのかは、紫式部といえどもわからない……。

それから程なくして、実資は藤壺から下がった。

下がるときに、彰子と紫式部、実資の三人にある約束がなされた。

「今後とも私は己の役目を果たしつつ、左大臣の動向に気を配っておきましょう」

「お願いします。特に何事もなくとも、参内の折には気軽にお立ち寄りください」

彰子が言うと、実資は少し戸惑った。

「気軽に、とは……」

「そのほうがいいでしょう。ねえ、紫式部」

少し考えて紫式部は答えた。

「おっしゃるとおりです。何かあるときだけ、来ているようでは、かえって怪しまれます」

「ううむ……」

「幸い、昨日、盗賊に入られた藤壺です。宮中の警固を司る右大将さまが藤壺周りに出入りなさっても、おかしなことはないどころか、みな心強く思うでしょう」

「ふむ」実資はあごひげをなでた。「紫式部どのはふたりいるようだ」

「ふたり？」

「女房どもの噂では、屏風の文字も読めない、おっとりした性格の紫式部となっているが、どうしてどうして、切れ者の紫式部どのがここにいるではないか」

少し出しゃばりすぎただろうか。紫式部は耳まで熱くなった。

「ふふふ。切れ者の権大納言さまがお相手だからでしょう」

彰子が笑う。

「それは……」

「鼓のような人なのですよ、紫式部というのは。小さく叩けば小さく響き、大きく叩けば大きく響く」

結局、実資も藤壺へ訪問することになったが、実資と彰子をつなぐ役目を紫式部が担うことになった。

実資がいなくなって、紫式部はまず訴えた。

「私が、中宮さまと権大納言さまの間で動くなんて、できません」

「あらあら。さっそく小さな鼓に戻ってしまったかしら」

「そうではなくて――」

「先ほどの権大納言の話、どう思いましたか」

急に話題を変えられて、というよりも、自分の話の腰を思い切り折られたように感じて面食らったが、主人の問いである。答えないわけにはいかない。

「かなり正鵠《せいこく》を得ていると思いました」

「ふむ？」

「実資さまは政の中で欲心を——要するに主上の外戚にならんと野心を持っていないので、その見識は曇りが少ないと思います。ゆえに言っていることが信頼できる。特に皇統がふたつに分かれていることの弊害は、そのとおりだと思いました」

また彰子はため息をついて額を抱えた。

「この国をふたつに割るなど、許されることではありません」

「はい」

「しかし、すでに次の東宮は冷泉系統の居貞親王と定まっています」

苦悩する彰子を見ていたら、紫式部はこんなことを言っていた。

「そのあとは一条天皇の皇子が皇位を継ぎ、ここで統一をかけるべきです」

「問題は、それをどのようにして成し遂げるかです」

「それは左大臣さまが、私の『源氏物語』をも使って追い込んでくれるでしょう」

彰子は怪訝な顔をした。

「左大臣が『不義の子』を『冷泉帝』とせよと言ったのに、乗るということですか？」

紫式部は少しためらったが、うなずいた。

自分の『源氏物語』が、単なる物語の域を超えて、そのような恐ろしい政治の道具に使われることに、戦慄を覚えないわけではない。

政治の現場では、紫式部は無力だ。一介の女房が、朝議で意見を言ったり、不心得者を論難したりはできない。

しかし、紫式部には筆がある。『源氏物語』があるのだ。

「物語というものは空言の集まりで女の読むもの。漢籍や歴史書こそがまことの集まりで男が読むもの。そう思われていても、物語を男も読む。だからこそ、左大臣さまは『源氏物語』を利用しようとした」

「…………」

「物語には漢籍のまことも違うことも書かれるでしょう。ありのままでなくとも、人の善悪に関わりなく、後世に伝えるべきものが。物語は書き手の空言として都合よく書かれるものかもしれないけど、それもまた、この世の出来事だと思うのです」

「物語の中に、この世の出来事が入る……」

たとえば「桐壺」は、唐の玄宗皇帝と楊貴妃《ようきひ》の出来事が下敷きになっているのは、本文を読めば一目瞭然だった。

「結局、物語といっても完全な嘘の集まりにはなり得ない。作られた物語の中にも人生の真実は光っているものだと思うのです」

「それはわかります。だからこそ『源氏物語』はあれほど人を引きつけるのだと思う」

「畏れ入ります」

「でも、あなたはそれでいいの……？　自分の物語に誰かの思惑が入り込んでしまうけど——」

紫式部はうれしかった。彰子はここまで『源氏物語』を好きでいてくれたのか、と。さらには物語作者としての自分のことも心配してくれている。

ならば、応えねばならない。

「物語は、御仏の経典ではありません。善も悪ものみ込んで人の心に迫り、人の心をうがつもの。ならば、左大臣さまの思惑をものみ込んで、皇統をまとめ上げる力の一助となってみせましょう」

これは彰子にはできない仕事なのだ。

彰子は中宮として天皇を支え、皇子たちを育て、やがて国母となるべき人物。慈しみと雅な中宮をこそ、人々は求める。

決して他の皇統を貶めるような発言をさせてはいけないのだ。

紫式部の静かな決意が伝わったのか、彰子はそっと袖で目尻を押さえた。

「ありがとう、紫式部。たしかにあなたの物語の力なら、できるかもしれない」

「もったいないお言葉です」

「あなたがそこまで決意してくれたのだから、私も私の決意を話さなければいけないでしょう」

「中宮さまのご決意、ですか。先日のお言葉以外にも、まだ……」

彰子はうなずき、紫式部の目をまっすぐに見てきた。

「居貞親王が即位されたあとについて、私は主上の一の宮である敦康をこそ、東宮に立てるべきだと思っているのです」

新年の和やかで楽しげな賑わいが、紫式部の耳から消えた。

「いま……中宮さま……?」

「何事も物事には順番、秩序というものが大事です。それは主上の皇子においても同じことだと思っています」

「だから、ご自分が産まれた敦成親王さまを後回しにしてでも、敦康親王さまを東宮になさりたい、と……?」

「ふふふ。左大臣はおろか、私の女房たちでも大反対するかもしれませんね」

「中宮さま……」

紫式部は指先が軽くしびれた。

彰子が、すべてを話している女房はいないと言っていたのは、ここまで深い意味があったからなのか。

父を敵であると公言したのは、この決意があったからなのか。

誰にも相談できず、ただひとり考え、この結論に達し、胸の中に抱えていたのか。

「冷たい母だと思いますよね」

諦めにも似た笑みを浮かべる彰子に、紫式部は小さく洟をすすった。

「そのようなことは、決して……」

言うまでもなく、敦康親王は彰子の実子ではない。若くして崩御した皇后・藤原定子の子である。

政治的には、彰子と定子は対立関係で語られるものだろう。

しかし、彰子の心には対立心はないのか。

「入内したての頃はいざ知らず、長ずるに従って后という務めの重みを感じるようになりました。それと同時に、皇后さまの存在が主上にとってどれほど大きかったかも。だから、私は必死に皇后さまのように主上をお支えしたいと、一心に願ってきました」

「はい」

「自らも子を産み、つくづく思いました。敦康を残して死んでいった皇后さまはどれほど、敦康の将来を憂えていただろうかと」

「それで、敦康親王さまを東宮に……？」

彰子は歯を見せた。

「私にとって初めての子である敦成は、やはりかわいいものです。ならば、主上も初めての皇子である敦康は、とてもかわいいはずです」

「ああ……」

なんという無私のお方なのだ、と紫式部は感嘆した。

この方の心の中には「自分の欲得」というものが本当にないのだ。

一条天皇を支え、一条天皇に一日でも多く笑顔でいてほしいと願う、その心が「彰子」という人の形を取っているだけなのだ。

この方のためならば、『源氏物語』をどのように扱おうともかまわない――。

「今年は主上にとって大きな年になるかもしれません」

「大きな年……」

「今年は主上に『重く慎しみ御すべし』と、上奏があったのです」

昨年の十二月十七日に、「明年、一条天皇は重く慎しみ御すべし」とあり、諸国で『大般若経』の写経供養が命じられていた。

ところが、このような事案では必ずと言っていいほど行なわれていた改元は見送られたのである。

このことが、彰子をさらに不安にさせているようだった。

改元が見送られたのも、藤原摂関家、つまりは道長の意向に違いないと彰子は考えているに違いない。

「それは――」

「あれほど民のために心を砕いている主上の『慎み』。できるなら私が代わってさしあげたい。できぬまでも、主上の大御心を少しでも安んじたいのです」

「中宮さま……」

彰子の声が湿った。

「そうでなくても、敦康は不憫な子なのです」

長保二年に親王宣下を受けたが、その日が彰子の女御宣下と同日だったことは、すでに述べた。

道長の嫌がらせである。

同じ年の暮れ、母后である定子が崩御する。

その後、定子の末妹の御匣殿《みくしげどの》が母代として宮中で親王と、その姉と妹にあたる脩《しゅう》子《し》・媄子《びし》両内親王を養育したが、御匣殿もほどなくして儚くなった。

一条天皇の配慮で、まだ子がなかった彰子に養育が託されたが、そのため内親王たちと離されて、藤壺に移ることになったのだった。

彰子は愛情を持って育て、彰子の母である源倫子も力を貸したが、敦康は後ろ盾に恵まれなかった。

すでに祖父の道隆は亡く、母の兄、つまり伯父にあたる藤原伊周がいるだけだったのである。

伊周は道長の八歳年下だった。

定子がそうだったように、伊周は容姿端麗で漢才にも優れ、参内すれば女房たちが騒ぎ立てるような貴公子だった。道隆によって急速に引き立てられ、位を上り、ついには道長たち三人の先任者を抜いて内大臣に昇進する。

だが、このような強引な出世は、周囲の人々に伊周への不満の種をまいた。

伊周自身も慢心していたのではないか。ただ、若くて見目麗しかったのでごまかせただけだと、紫式部は思っている。

父・道隆の死後、関白と氏長者を継いだ道兼が、たった七日で没すると、その後任を巡って伊周は道長と争った。

結果、伊周は破れた。

まだ定子が存命で、一条天皇から寵愛を受けていたにもかかわらず、である。

道長と伊周の人品についての天皇の判断は、これで決したと言ってよかった。

藤原実資に言わせれば、道隆の強引な引き立てなどの中関白家の権力への執念を、一条天皇の母・東三条院詮子が嫌ったかららしい。

若い頃は容貌やちょっとした聡明さで好き放題できたのが、徐々にそうはいかなくなっていく。人生とはそういうものなのだろう。

長徳《ちょうとく》二年（九九六年）、伊周は「長徳の変」とされる事件を起こす。伊周は、太政大臣・藤原為光《ためみつ》の四女に通う花山院を、自分の想い人の為光三女のところへ通おうとしていると誤解し、従者の矢で花山院の袖を射たのである。

出家したくせに女のところに通う花山院にも困るのだが、何よりも院に矢を放ったことが問題視され、政治問題になった。

すでに伊周をかばってくれる後ろ盾は、なくなりつつあったのだ。

それどころか、伊周の捜査を率先したのは一条天皇その人。一条天皇は本気で怒っていたのである。

捜索の結果、道長を推挙した東三条院詮子への呪詛が発覚。

さらには、本来、天皇がいる宮中でのみ行ないうる怨敵調伏と国家安泰の大法である大元帥法《だいげんすいほう》の修法を、伊周が道長に対して私的に行ったことも判明。

花山院を射る不敬、東三条院への呪詛、大元帥法の勝手な行使の三カ条の罪状により、除目をもって伊周は内大臣から大宰権帥《だざいのごんのそち》に宣旨《せんじ》される。

翌年には大赦《たいしゃ》されて都に戻り、昇殿も許されたが、伊周の心はもはや若き日の眉目秀麗な頃とは別人になっていた。

彰子が懐妊する前年、道長は吉野へ祈禱に行っている。伊周はこのときに道長の暗殺を謀ったとされているが、真偽のほどはわからない。

ただ事実として、彰子が敦成親王を産んでから、伊周の邸を訪ねる貴族はいなくなった。

そのような背景が、敦康親王には今日まで連なっているのである。

「畏れながら、敦康親王さまを東宮にお立てになる場合、左大臣さまだけではなく、儀同三司《ぎどうさんし》さまとの関係も考慮しなければいけないのではないでしょうか」

儀同三司とは、自らの処遇である准大臣の唐名として伊周が用いた言葉だ。自称である。

なお、准大臣とは、大臣の下にして大納言の上の席次を与えて遇するという意味であるが、特定の職務や権限を伴ってはいない。

「そこはまた考えなければいけないところですが……」

そのとき、紫式部はあることを思い出した。

「中宮さま。若宮さまをご出産の前、漢籍のご進講のときに中宮さまよりお伺いした、敦康親王さまの読書始での儀同三司さまの漢詩について、内容のご説明がまだでしたね」

紫式部は軽く顎をそらすようにして、その漢詩を暗誦した。

経伝百家多異聞　微言被世古今聞
老臣在座私相語　我后少年学此文

目を閉じて聞いていた彰子が、うなずく。

「内容の説明をしてちょうだい」

「……はい」

――孝経という儒学の経典を伝えている流派は多く、たくさんの説がある。読書始で用いられたものは広く世に知られ、古今よく読まれている。老臣の私めは座にあってひそひそ話していたところだ。わが君もお若いときにこの文を学んだことよ、と。

意味としてはそうなる。

しかし、その場においては、また違った意味を持っている。

敦康親王の読書始にもかかわらず、この漢詩に敦康親王はいない。

これが、紫式部がこの漢詩を一読して震えた理由だった。

伊周の漢詩の中にいるのは、伊周と一条天皇だけである。

要するに、敦康親王の成長を祝う席で、自分と一条天皇の結びつきを誇示したのだ。

権勢を誇った自分の父・道隆がいて、一条天皇の寵愛を一身に受けていた自分の妹である皇后・定子がいましたよね、と昔話を持ち出してきたのである。

そのような穿《うが》ち入った説明をすると、彰子はやっと納得したと何度もうなずいた。

「あの読書始で、この漢詩が読まれるやいなや、みなが重苦しい沈黙と、どこか剣呑とした雰囲気になった理由がよくわかりました」

「……伊周さまの心には敦康親王はいないのでしょうか」

彰子が文箱を開けた。漢詩がいくつか書いてある。ああ、一生懸命学んでいらっしゃると、こんなときなのに紫式部はうれしくなった。

彰子はその中のひとつを取り出し、紫式部に渡す。

「敦成の百日の儀のときに、伊周どのが、その日の歌の序題を勝手にしたためたものです」

手にしただけで、何かしらの悪意が伝わってくるような嫌なものを感じた。

冒頭、「第二皇子」といきなり来た。すでに諱がある敦成親王に、「おまえは第二だぞ」と言っているのだ。

隆周之昭王穆王暦数長焉。我君又暦数長焉。

本朝之延暦延喜胤子多矣。我君又胤子多焉。

康哉帝道。誰不歓娯……。

——隆周の昭王・穆王は在位が長かった。わが君もまた在位が長い。本朝の桓武天皇や醍醐天皇は跡継ぎとなる子が多かった。わが君もまた跡継ぎとなる子が多い。安康な帝道よ。この御代を歓び娯しまない者があろうか……。

「隆周」は明らかに関白・道隆と伊周の父子を、「康哉」は敦康親王を暗喩《あんゆ》している。いや、もはや直喩と言ってもいいほどの露骨さだ。

父の道隆がいたからあなたは天皇になれた。その子である私がまだ健在であり、甥である敦康親王はあなたと亡き定子との間に生まれた第一皇子であろう。そのことを忘れたわけではあるまいな。

もはや、臣下として許されざるほどの強烈な態度である。

「ひどいですね」
彰子が言うと、紫式部も同意した。
「ええ。ひどいと思います」
彰子は両手で一度自分の顔を拭うようにして、続ける。

「結局、主上がその場を取りなして事なきを得たのですが、敦成のことを、それに敦康のことを何だと思っているのでしょうか」

「伊周さまは何をなさりたいのでしょうか」

「関白と氏長者になりたいのでしょう。人柄と実力が整っていれば、父と争ったときに主上は伊周の味方をしたでしょうに……」

紫式部はうなだれ、頭を振った。

「敦康親王がおかわいそうです……」

そのときである。

紫式部の肩に、人の手の重みが感じられた。

彰子が手を置いていた。

「中宮さま……っ」

「紫式部……」

紫式部、気が動転しそうである。

「敦康の置かれた立場、わかってもらえましたか。でも、私は単なる同情から敦康の東宮擁立を望むのではありません」

「はい。それが主上の大御心で――」

彰子は人差し指を口に立てた。

「それが唯一、あの子を生かす道でもあるからです」

「え」

定子が死に、ほとんど自滅に近い形で伊周が悩乱している状態で、彰子が敦康親王を育て、道長がその後見のように振る舞っていたのは、彰子に皇子が生まれなかったとき、そのまま敦康親王を天皇に即位させ、自らが後見になるためだ。

彰子に皇子が生まれてしまったいま、道長は急速に敦康親王から距離を取っている。

邪魔となれば強引に出家させてしまうか、最悪はその命を奪うかもしれない。

それはないだろうと、紫式部は否定したかった。

しかし、藤原家の現実の政治を見ていれば、否定しきれない。

遠い過去の歴史を振り返るまでもない。

一条天皇がどうやって即位したか。

「内劣りの外めでた」などと言われ、乱心の振る舞いが目立ったとはいえ、まだ十九歳の花山天皇を、その寵愛する女御の死を悲しむ心につけ込んで言葉巧みに内裏から遠く離れた元慶寺《がんけいじ》へ連れ出し、剃髪させてしまったのは、藤原兼家とその子供たちである。

天皇不在となって混乱する内裏では、兼家が三種の神器を東宮のいる凝花舎へ移し、内裏の門を封鎖し、新しい天皇を即位させてしまった。

これがいまの一条天皇である。

当時、数え年で七歳のときの話だ。

この寛和の変は、たった二十数年前の出来事。変を起こした者たちには、道長本人も含まれているのだ。

道長はまだ若く、変の中心人物ではなかったが、父や兄のしていたことを十分に学んでいただろうという予想はつく。

こんな連中を相手に、自分は何ができるのだろう。

紫式部は何をどうしていいのかわからなくなった。

自分はなぜ物語書きなのだろう。

男たちの謀略と憎しみと狂気の前に、自分の書いた物語などいかに無力か。

何もかもが、むなしい……。

現実には盗賊もいれば、火事もある。謀殺だってあるだろう。

『源氏物語』にはそのようなものはないのだ。

けれども。

紫式部は、自分を励ますように微笑みかけている彰子を見つめた。
そうだ。自分は決めたではないか。
彰子を護るのだ、と。
いったん底にまで沈んだ気持ちが、再びゆっくりと浮上してきた。
ちょうど深い池の底まで沈んで、その底を蹴って水面へ上がっていくように。
なすべきことに集中しよう。

『源氏物語』において、光源氏と藤壺の「不義の子」の名は「冷泉帝」とすること。
しかし、ただ貶めるだけではないこと。

この二点が肝要だった。
その次に、伊周をどうにかするように、物語の中で導く方法を考えること。
これはかなり難題だが、書いているうちに案外いい案が思い浮かぶかもしれない。
これまでだって、書きながら次の物語が湧いてきたのだ。
そこは釈迦大如来のご加護を信じてやるしかない。
「紫式部？」

彰子が心配そうにした。

「大丈夫です」

紫式部は背筋を伸ばす。肩に置かれた彰子の手を取り、その目を見つめ返した。

「この紫式部、『源氏物語』の光源氏と紫《むらさき》の上《うえ》にかけて、必ずや中宮さまのお気持ちを安んじるようにいたします」

昨日の盗賊騒ぎも、先ほどまでの沈んだ気持ちも関係なかった。

道長が『源氏物語』を政治に利用しようというなら、こちらもそのように物語を使ってもいいではないか――。

いますぐ筆を取り、物語を書き連ねていきたい気持ちが溢れている。

第四章　藤壺女御と玉鬘

紫式部が、光源氏と藤壺女御の間の子の名を「冷泉帝」にすると告げると、道長は満足そうに笑った。

「うむ。それがよいだろうな。響きとしても悪くないし、すでに朱雀帝がいる。現実の朱雀院もそのあとは主上を輩出していないから、次の代としては冷泉院から名を拝借するのがよいだろう」

「ありがとうございます。ただ、実際にその名が出てくるのはもう少しあとになるでしょう。物語では今上帝ですから」

「たしかに。院号が出るには退位していただかなければいけないからな」

「退位したあと、冷泉院を院の御所にしますので」

「いいではないか」

あまり深く考えていないだろう。

とにかく、冷泉院の名を貶められればいいのだ。

「ところで左大臣さま。噂に聞くところによると、若宮さまの百日の儀での儀同三司さまのお振る舞いが……」

道長が顔をしかめた。

「伊周どのには参っているよ。百日の儀での序の漢詩だろ？　結局、主上ご自身が『若宮が生まれて敦康も喜んでいる』とお言葉をくださって、収集がついたのだからな」

「まあ……」

「あの日は、右大臣・顕光どのはいつも通りにひどかった」

「いつも通り……」

「何を思ったか右大臣なのに無理に陪膳《ばいぜん》の奉仕をしてみたり、主上の御盃を酒台の机に置くときにひっくり返ったりしてくれたよ。泥酔していた様子だったからな」

「………」

いつも通りでそれだというのか。

紫式部なら自分に絶望した挙げ句、よくて出家、悪ければ自害している。

もっとも、これで自害していたら、命がいくつあっても足りないのだろう。藤原実資に、失敗をいちいち書き留めていたら筆がすり切れると言わせただけのことはあると思う。

「まあ、顕光どのの諸行はひどいが、いちいち目くじらを立てていたら朝議も回らないしな」

「そんなものなのですか」

「若宮さまの百日の儀での、ちょっとした余興だと思えば、その日一日くらいは我慢できるというもの」

道長が寛容だからというよりも、それだけ敦成親王の成長が道長にはうれしくてたまらないということだろう。

「ところが……」

「伊周どのの作った序の漢詩は、顕光どのの諸行を朝の霜のように打ち消してしまったよ」

「ああ……」

紫式部が曖昧に答えると、道長は舌打ちした。

「ちっ。おぬしら女房たちにまでそのような伊周どのの噂が広まっているとなると、ますます放ってはおけない。少し、除目で手を打てないか、主上と考えてみなければいけない」

正月に行なわれる除目で、伊周に何かしらの色をつけようということだろう。

やはり、道長は政治の人だ。

ここまでいろいろあっても、まだ伊周をうまく処理しようと考えている。それは一条天皇が、亡き妻の兄と思えばと配慮し続けているからではあるのだろうが、まだ内裏に居場所を作ってやろうとしてくれている。

もっとも、ここまでの「暴れっぷり」を見るに、いま最終的な失脚をさせて失意のうちに死んだりしたら、怨霊になる可能性は極めて高いだろう。

紫式部でさえもそう思っているのだから、道長がそれを恐れないわけがない。

もしかしたら、思ったよりもうまいほうに転がるかもしれない。

ただ、それだけこの問題が微妙だということを意味していた。

「儀同三司さまが心安くあれば、きっと敦康親王さまも、中宮さまとともにお世話申し上げている鷹司殿さまも、安堵なさいましょうね」

鷹司殿とは、道長の妻・源倫子である。

道長は倫子に頭が上がらない。もともと皇族の血を引いている倫子は、財力でも家柄でも、道長の今日の土台を築いてくれたからだ。

頭が上がらないだけではなく、実際に大切にしている。

「そうだよなぁ」

珍しく道長が、ただの夫の顔を見せた。

「がんばってみるか」

「がんばってください」

「おぬしも物語のほう、頼むぞ」

「もちろんでございます。ただ、畏れ多くもご存命の院の院号です。左大臣さまのほうから念のため……」

「ああ、もちろん。いや、実はもう聞いてあってな。『源氏物語』に名を使われること、特に気にされてないご様子だった。むしろ、喜んでおられたぞ」

たぶん嘘だろう。何かもめたとしても、「院には気の病があるから」と握りつぶしてしまうのではないかと、紫式部は直感した。

だが、いまはそれでもいい。

まずは「冷泉帝」という登場人物を作り出すことが先だった。


迷いに迷ったけれども、藤壺女御には物語世界から退場してもらうことにした。

藤壺女御の性格から考えれば、不義の子を身ごもるだけでも多大な苦しみだったろう。桐壺帝はやさしい性格だ。藤壺女御はそのやさしい帝を裏切っているというだけで、耐え難い苦しみだったはずだ。

おそらく桐壺帝も、藤壺女御の産んだ皇子が、自らの子ではないと知っている。知っていて、慈しんでいた。

藤壺女御のことも、生まれてきた皇子のことも。

それが、藤壺女御が光源氏の誘いに、以後は乗らないための守りとなった。

同時に藤壺女御をさらに苦しめてもいる。

行き着く先は、藤壺女御の死だろう。

紫式部が「藤壺女御には死んでもらうしかないかな」と考えたのは、彼女が生きている状態で「冷泉帝」が自らの出生の秘密に気づくのは、藤壺女御にとって酷すぎるだろうと思ったからだ。

秘密を知ったら冷泉帝は、その真偽を間違いなく母后に聞くだろう。

それはあまりにもかわいそうだった。

同時に「冷泉帝」を現実の冷泉院のように気の病を持たせることはしなかった。

物語の進行上、冷泉帝は十四歳前後。年相応の、真面目で清廉なよい若者として描こう。

そうであってこそ、「不義の子」の罪深さは際立つだろうから。


「心に知らで過ぎなましかば、後の世までの咎めあるべかりけることを、いままで忍び籠められたりけるをなむ、かへりてはうしろめたき心なりと思ひぬる。またこの事を知りて漏らし伝ふるたぐひやあらむ」とのたまはす。

――「知らないまま過ぎてしまったならば、来世までも罪があるに違いなかったことを、いままで隠しておられたとは、かえって安心ならないお方だと思った。またこの事を知っていて誰かに漏らすような人はいるだろうか」とおっしゃる。


秘密は、僧都から漏らそう。

この僧都は冷泉帝の護持僧であり、藤壺女御の生前から仕えている聖僧だ。そのような僧都なら藤壺女御が信頼し、光源氏が失脚したときなどに心を痛めて祈禱をお願いしたかもしれない。

本来なら、僧都が祈禱の内容を漏らすのは、僧職として問題があるだろう。けれども、ひとりの個人として明らかに恐ろしい内容を知ってしまったときに、どうすべきかという苦悩が彼にもあるはずで、そこを描くことは、きっと悪いことではないはずだ――。

紫式部の筆が、新しい物語と人の業を紡いでいく。

表向きは道長の要求に応えるように。

その内実は、道長自身も知らないところで彼を縛り上げていけるように。

「まるで碁を打っているみたい」

紫式部は独り言をつぶやいて、かすかに笑った。

相手がこちらの手に気づかぬように、石を打ち、石を置き、石をつなげていく。

やがて気づいたときには、相手が防戦一方になるように。

そう。攻めているのはこちらなのだ。

政治の現実は道長たちの独壇場だろう。

しかし、それ以外のところではどうか。

碁は、攻めている側が強いのだ。

常よりも黒き御装ひに、やつしたまへる御容貌、違ふところなし。

――いつもより黒いお召し物で、喪に服していらっしゃる帝のご容貌は、相対している光源氏と違うところがない。

「このことを、もし、もののついでに、露ばかりにても漏らし奏したまふことやありし」と案内したまへど……

――「例のことを、もしや、何かの機会に、少しでも洩らして帝のお耳に入れたことはありましたか」と光源氏は尋ねるが……

しかし、漏らされた秘密の締めくくりには、藤壺女御の霊に出てきてもらおう。女の情念の怖さと強さと儚さを込めて……。

宮の御ことを思ひつつ大殿籠もれるに、夢ともなくほのかに見たてまつる、いみじく恨みたまへる御けしきにて、「漏らさじとのたまひしかど、憂き名の隠れなかりければ、恥づかしう、苦しき目を見るにつけても、つらくなむ」とのたまふ。

――藤壺女御のことを想いながら光源氏が寝ていると、夢ともなくかすかに藤壺女御の面影が見えたが、ひどく怨んでいる様子で、「あんなにも秘密は漏らさないとおっしゃったのに、私たちの過ちの噂は隠れなかったのが、恥ずかしくて、苦しくて、つらくて」とおっしゃる。

紫式部が『源氏物語』の執筆を急いでいる間に、世間ではいろいろなことが起こっていた。

正月三日。延期していた敦成親王の戴餅があった。とてもかわいらしい様子で、紫式部も物語での苦闘を忘れるほどだった。

七日。除目による叙位が行なわれた。これによって伊周は正二位に昇叙した。伊周は准大臣だったが、左大臣・藤原道長、右大臣・藤原顕光、内大臣・藤原公季《きんすえ》と肩を並べたことになる。

これが、道長が言っていた「手」なのだろう。

道長は決して気の長いほうではないのだが、政を進めるときには懐柔を用いることを辞さなかった。

現に実資から、その無能ぶりを日記に書いていたら筆がすり切れると酷評された藤原顕光を、右大臣に据えたままでいる。

もっとも、この場合は、右大臣があまりにもひどい仕事しかしないので、道長がすべてを取り仕切れるという裏の狙いもあったのかもしれないが……。

ともかく、道長と一条天皇は、伊周をなだめようとした。

あとになって紫式部は思う。

もし、この昇叙を彰子が事前に知っていたら……。

おそらく反対しただろう。


『源氏物語』は長い。

すでに十分長いが、最終的に全五十四帖という一大長編になるとは、紫式部もまださすがに構想しえていない。

紫式部がいくら物語書きとしての才があり、ずっと局に籠もって書き続けるのが苦でなかったとしても、一気呵成に書き上げられるようなものではなかった。

紫式部は『源氏物語』を数帖書き上げては冊子にまとめて写本を出すという形式を取り、また内容としても、いくつかの箇所で区切りを入れている。

藤壺女御の霊を光源氏の夢枕に立たせたあと、紫式部は「少女《おとめ》」という帖を書いた。

不義の子・冷泉帝を巡る重い話が連続し、紫式部自身がそのような話にしばらく飽いてしまったのだ。

物語として現実の切り取りをし、ことにいまからは現実と戦おうとしている紫式部だったが、重い話ばかり書いていれば疲れるのである。

『源氏物語』には貴族同士の殴り合いもなければ、火事も盗賊もほとんど無縁なものなのだ。

「少女」は、話の雰囲気ががらりと変わる。

これまで放って置かれた感のある光源氏の長子・夕霧《ゆうぎり》についての話である。

夕霧は光源氏と正妻・葵の上の間に生まれたが、葵の上は夕霧の出産に際し、光源氏の年上の愛人・六条御息所の生霊に取り殺されてしまった。

夕霧は母親代わりとして、光源氏の愛人の中でもっとも家庭的といえる花散里《はなちるさと》によって育てられる。

花散里は毎夜通いたくなるような魅力的な恋人ではなかったかもしれないが、賢母だった。慎み深く、清げな彼女に育てられた夕霧は、若い頃の光源氏とは比べものにならない真面目で純粋な若者に成長している。

その夕霧の、純粋で無垢な恋を扱うのが「少女」だ。

これまで、不義に苦しむ大人たちを散々に見てきた物語は、不意に清涼な風に心を洗われる。

その「少女」の最後には、光源氏が六条御息所の邸に手を加え、六条院として造営する。春夏秋冬の町を作り、春には紫の上、夏は花散里、秋には秋好中宮《あきこのむちゅうぐう》、そして冬には遅れてやってきた明石《あかし》の上《うえ》を配し、自らの恋と栄華を目に見える形でまとめ上げていく。

ここをもって、ひとつの区切りにするつもりだった。

そのあとの構想はいくつかあるが、紫式部が考えていたのは「物語による伊周の懐柔」とでも言うべきものだった。

つまり、物語において伊周のような登場人物を出し、その人物が光源氏やまだ見ぬ女主人公たちと交流する中で、心を解きほぐしていく話にしようと思っていたのである。

伊周のような人物といってもなかなか難しいが、生まれがよい美男子にはしようと思っていた。

両親のすばらしい才能や容貌を受け継ぎ、地位も財力も若くして急激に手に入れるが……そこに心の成長が伴わない。

彼は歌や漢詩の才能を持った母から文人の血を受け継いだことで、帝にも漢詩を進講するほどの人物なのだが、それを当然と思い、もっと高く評価されるべきだと考えている。

若い頃ならそのような無謀な野心を、彼は許されただろう。

そのような立場に生まれた彼だったから。

しかし、誰しも年を取る。

年を取れば、年相応の分別を求められる。

無邪気なままでみなにちやほやされてきた彼は、そのような分別を求められても意味がわからない。

その苦悩に、僧都が——冷泉帝に不義の秘密を漏らした僧都が手を差し伸べる。

僧都は、源氏に彼のことを話し、彼を救ってやってほしいと頼む。

源氏は最初、自分の秘密を漏らした僧都の言うことに従わないが、六条院の自らの妻たちの誰か——紫の上か明石の上——からも彼の救済を懇願され、重い腰を上げる。

最終的には、彼の救いは釈迦大如来と阿弥陀《あみだ》如来の慈悲にすがることしかないだろうが……。

このような案を彰子に話したところ、彰子も「それがかなうなら、とてもすばらしいことです」と賛成してくれた。

誰の血も流さず、皮肉も策略もなく、人の心を動かせるか。

はたして、賀茂光栄が言ったように、自分の書く物語には呪にも匹敵する力が宿るのか。

物語作者としての紫式部の挑戦だった。

だが、そんな紫式部の願いをあざ笑い、土足で踏みにじるような事件が起こる。

またしても呪詛が発覚したのである。

呪詛の対象は、彰子と敦成親王と道長。

仕掛けた側の中心人物は、伊周だった。


知らせを聞いたとき、局で物語を書いていた紫式部は、筆を取り落とした。

筆先から流れた墨が、書いたばかりの物語を黒々とつぶしていく。

「あ」と、彰子の使いで知らせに来た小少将の君が声を上げたが、紫式部は宙の一点を見つめたまま動かない。

紫式部が声を絞り出した。

「……呪詛だなんて。どこまで愚かなのか」

紫式部は涙がこみ上げてきた。

悔しかった。

何回同じことをすれば気が済むのだ。

結論から言うと、伊周の叔母の高階光子《こうし》はじめ、源方理《のりまさ》、源為文《ためふみ》、源為文女（方理妻）が、捕らえられることとなった。

呪詛は、敦成親王百日の儀の頃に計画されたという。

ということは、呪詛を企む裏で、伊周は素知らぬ顔をして昇叙を受けていたことになる。

頭を抱え、反古《ほご》になった原稿を握りつぶし、紫式部は泣いた。

「大丈夫ですか、紫式部」

小少将の君が心配する。

「大丈夫。私は大丈夫。だけど――人はどこまで堕ちられるの？」

「…………」

「どこまで汚くなれるの――？」

声が震えた。

『源氏物語』にも、恋の嫉妬に心を焼かれて呪い、生霊となって相手を殺してしまう六条御息所という女性がいる。

恋に対して女が心を鬼にしてしまうのは、悲しいけれどわかる。恋しい方の隣に自分ではなく他の人がいるときに、どうしようもない心の闇に支配されてしまうのは、あるだろう。

しかし、伊周は常軌を逸している。

繰り返し繰り返し思う。呪詛もその発覚も今回が初めてではないのに――。

紫式部は、小少将の君に連れられて中宮御座所へ入った。

彰子の目にも涙が溜まっている。

「紫式部……」

「中宮さま……」

ふたりはそれきり、黙った。どちらの頬にも涙が伝っている。その場にいた小少将の君や大納言の君は、それほどに悲しむふたりを、少し奇異に見ているかもしれない。

ふたりは、ふたりにしかわからない理由で――そのうえ、その理由たるふたりの計画がほとんど崩壊しかけているがゆえに――涙を落とし続けた。

その涙は悔し涙であり、怒りの涙だとは余人は知るまい。

やがて、彰子が涙を無理に止めて、口を開いた。

「話は聞いたとおりです」

彰子が泣き止んだのに、自分ばかり泣いているわけにはいかない。紫式部は女童のように乱暴に涙を拭った。

「中宮さまと若宮さまのお身体は……？」

化粧が落ちてしまったかもしれないが、気にしているときではない。

「ありがとう。私はこのとおり、何ともありません。敦成も左大臣も、何事もなく……」

「それは――まずはよかったと申し上げます」

畏れ多くも中宮と親王――それも、やっと首が据わるかどうかの無力な赤子を呪詛するなど、許されざることに変わりはないが、中宮と若宮が無事であるなら、まずは安心だった。

「左大臣は激怒しています」

「はい」

「御仏の力で、若宮と私、そして自分を呪詛から護り、呪詛を祓うため仁王講《にんのうこう》を行なうそうです」

つい先日、正二位にしてやったのに、これだ。

さすがの道長も、怒り心頭に発しているだろう。

しかし、事態はもっとひどいことになった。

二月半ば過ぎ、一条天皇と敦康親王が同時に病に倒れた。

彼らふたりは、今回の伊周の呪詛の対象ではない。

だが、伊周の度重なる不行跡に、一条天皇も敦康親王も心傷つけられ、病魔に襲われたのである。

二月二十日。一条天皇は伊周に朝参停止、帯剣禁止の決定を下す。

このとき、一条天皇はまだ病悩していた。二十五日には立っていられないほどとなり、御手水《おちょうず》の間で動けなくなってしまったという。

彰子と紫式部は細かくやりとりを繰り返しながら、一条天皇の容体を少しでもよくできるように考えていた。

道長はもちろん、実資とも綿密に連絡をし合って、ただただ一条天皇を支えることだけを考えた。

実資も、参内すると藤壺か後涼殿《こうりょうでん》の局に紫式部を積極的に呼び出してくれている。

「主上のご様子はまだまだ予断を許しません」

と、実資が紫式部に厳しい表情を見せた。

「痛ましいことです」

「しかし、ここで御倒れになるお方ではないと信じています」

「はい。私も同じ事を考えています」

実資は深くため息をついた。

「皮肉なものです。伊周どのの愚行のおかげで、これまで自分たちの欲得で動いていた多くの貴族が、主上と道長どののもとに力を合わせている」

「人の世とはそのようなものなのでしょうね」

「ひとつひとつの事柄を、誰が正しいかではなく、何が正しいかを考えるのはそれほど難しいものなのでしょうね」

「…………」

「顕光どのあたりは何を考えているかわかりにくいのですが、いまのところは目立った動きはありません」

「そうですか」

それ以外の貴族については、みな一条天皇と道長の側——つまりは彰子の味方と考えてよいのだろう。

実資が首を横に振りながら、

「もう少し早く、他の貴族も主上を気遣っていれば——」

「実資さま……？」

「七歳からいままで、ずっと主上は主上であり続けたのです。そのなかで何度となく老猾《ろうかい》な貴族どものの横暴や汚いやり口を見せられ続けた。普通の人間なら——貴族であれ民であれ——もっと成長してから知ればいいことを、主上はずっと見てきたのです」

「……いとあはれですね」

紫式部は胸詰まる思いがしていた。

「あはれです。だから——」

実資はそこで言葉を切った。

殿上童が実資を捜し歩いている声が聞こえたからだった。

だから——主上にはもう少しお幸せであってほしい。

実資はそのように言いたかったのだろうか。

だとしたら、紫式部が考えていることと一緒だ。

けれども、それは紫式部の勝手な想像で、実資は別のことを言いたかったのかもしれない……。


何はともあれ、まず主上を支えなければいけない――。

伊周を『源氏物語』で懐柔するのは厳しくなったが、紫式部は新しい別の執筆内容を考えていた。

「いま『源氏物語』の、ある帖を書いているのですが」紫式部は額を押さえながら彰子に相談した。「そこで光源氏の繁栄を、これまでにないほどに壮麗に書こうと考えています。少しでも主上に明るい気持ちになっていただけるように」

すると、彰子はやさしい微笑みを見せた。

「ありがとう。できるなら次の帖にまたがってもいいかもしれませんね。何しろ冷泉帝が出自を知るくだりは、やはり重かったですから」

「はい」と答えたものの、紫式部は無力感にさいなまれていた。

もはや、伊周を物語の力で善導しようなどという考えは甘いと言わざるを得ない状況に陥っていた。

彰子が小さくあくびをした。

珍しいな、と思った。

心労が重なって、満足に眠れていないのだろうか。

そう考えた途端、全然違う理由が紫式部の心の中にひらめいた。

はたして、彰子が言った。

「最近、やたらと眠いのです」

「中宮さま、それは……」

しばらく考えて、彰子がやや小さな声で告げる。

「敦成のときと同じかもしれません」

紫式部の先ほどのひらめきは正しかったらしい。

さらに言えば、いつぞやの小少尉の君の他愛のない言葉が実ったようだ。

彰子は第二子を懐妊していた。


第二子懐妊は厳重に秘された。

道長らは喜んだが、そうする必要があるのは、誰の目にも明らかだった。

伊周周辺による呪詛の件があったばかりだからだ。

道長が藤壺にやってきて、上臈女房や中臈でも主だった者たちに直々に告げた。

「みなもわかっているとおり、この件は他言無用」

はい、と女房たちが声をそろえる。

いまばかりは、噂好きの女房たちも状況をよく理解していた。

簀子の向こうには、関係のない女房がこちらに来ないように、道長の子・頼通が見張りに立っている。

「けれども、それも長くは保たないだろう」

道長が言うと、女房たちの多くは首をかしげ、顔を見合う。

紫式部が衵扇で顔を隠したまま、誰が答えたかわからないようにして静かに告げた。

「賀茂祭があるから、ですね」

道長は紫式部を一瞥すると、かすかに満足げな笑いを浮かべ、続ける。

「そうだ。いま誰かが答えたように、四月に賀茂祭があって、本来なら中宮さまの祭使が立つ。けれども、それを立てられない。賀茂祭の祭使が立てられないほどの事情とは何かと、誰もがいぶかしく思うだろう」

懐妊は、神事において穢れとなる。よって祭使が立てられない。

賀茂祭までに彰子の周辺で誰かが死ねば、「ああ、死の穢れによるものか」と、みなが納得するだろうが、そうそう都合よく人は死なない。

昨年九月に敦成親王を産んだばかりの懐妊。一日でも長く、誰にも気づかれないようにしたいのだった。

それにしても、彰子はいつの間にこれほど一条天皇の寵愛を深く受けるようになったのだろう。

寵愛を深く受けているということは、とりもなおさず、彰子がもっとも深く強く一条天皇の御心を理解し、支えている証左でもあるだろう。

だからこそ、彰子を護らなければならない。

道長が女房たちに説明をしているのを聞きながら、紫式部はある決意を固めていた。

藤原伊周と話をしてみよう、と……。

その日、紫式部は石山寺《いしやまでら》に伊周を呼び出した。

正確に言えば、間に人を挟んで伊周の動向を調べてもらい、石山寺に呼んでもらったのである。

寺の向こうには、琵琶湖《びわこ》がある。

日が落ち、月が出てきた。

満月である。

紫式部はひとりつぶやいた。

「今宵は十五夜なりけりと思い出でて」

『源氏物語』第十二帖「須磨《すま》」の一節である。

朧月夜尚侍《おぼろづきよのないしのかみ》という、朱雀帝の寵愛を受けた女性と光源氏が以前から通じていたことが発覚し、源氏は後見をしていた東宮――のちの冷泉帝――に累が及ばないようにと、須磨へ退出する。

須磨はさみしい。

そのさみしさの中にあって夜空を眺めれば、今夜は満月。

このような美しい満月の夜、都にいた頃は管弦の遊びなどをしたものだった、と源氏は悲哀にくれる……。

伊周がやってきた。

「まだ春だというのに、夜にこのようなところへ呼ばれるとはな。『春はあけぼの』であり、『冬はつとめて』だろうに」

皮肉を口にしながら着座する。

伊周が引用していたのは、皇后・定子に仕えていた清少納言が書いた『枕草子』の一節だった。

意味はそれほど重視していないかもしれない。中宮・彰子の女房という、政治的に対立関係にある紫式部への威嚇だろう。

「本日はお呼び立て申し上げまして、まことに申し訳ございません」

「まあ、石山寺の方角が今宵は吉と言われれば、出向くさ。私は吉凶にはうるさい人間でね。呪詛にも詳しい。教えて進ぜようか」

「間に合っていますので」

緊張する。

伊周は殿上への参上を禁止されている。だから、内裏では会えない。そうなると、このように外で会うことになるのだが、外で人に会うなんて久しくしていない。

藤壺の局であれば左大臣相手でも堂々と話せる紫式部だが、局の外では自信がなく、外でとなれば絶望的だった。

だから、少しでも気弱な自分にならないようにと、文箱だけは持ってきた。

中には筆と書きかけの原稿が入っている。

「それで、いかなるご用か」

伊周が尋ねた。

紫式部は几帳を隔てて相対しながら、間近で見る伊周の零落ぶりに心が痛んだ。

定子が存命だったら、一条天皇の最愛の后の兄であり、敦康親王の後見人だったかもしれない人物が伊周なのだが、とてもそんなふうには見えない。

衣裳は美々しい。よい絹を使い、丁寧に縫い上げていよう。

けれども、どこかちぐはぐで、みすぼらしく見えて仕方がないのだ。

着ている人間の内面がこれほど衣裳にも影響を与えるのかと、紫式部は愕然とした。

愕然としても、話さなければならない。

「もう呪詛はおやめになったらいかがですか」

紫式部のやや低い声を、伊周は一笑に付した。

「はは。正月のことか。私は呪詛などしていない。叔母が勝手にやっただけだ」

「若宮の百日の儀でのことは?」

「どこに呪詛がある?　義理の伯父から序を贈り物にしてやっただけだろう」

「では、敦康親王さまの読書始での行ないについては?」

「時の経つのは早いもの。主上によく似た親王さまを見ていると、主上のお小さい頃を思い出すものよと、素直に心の内を述べたまで」

言い逃れはできるらしい。

言い逃れをする小癪《こしゃく》さが男らしくない。

政治とはこういうものなのかもしれないが。

月はただただ地を照らしている。

「実は、私の書く『源氏物語』に、あなたさまを元とした人物を登場させようと考えていたのです」

伊周は唇をゆがめた。

「ほうほう。それはそれは。源氏の敵方である弘徽殿の女御の親戚かな。それとも、源氏の邸におこぼれをもらいに来る犬っころか。あるいは、源氏の妻どもを奪いに来る貴族か」

「私がもともと考えていたのは、源氏のようにすぐれた出自にありながら、家の不幸で辛酸をなめ、一時は自暴自棄になりながらも、源氏や他の人々との交流によって違う自分を模索し、新生する人物でした」

「ふん。女子供が好きそうだな」

「『源氏物語』は主上もお好きでいらっしゃいます」

「主上か。はっ。恩知らずの主上か」

夜風が、伊周の毒気を運んできた。

「主上に対し、何という口の利き方を」

「主上だと思えばこそ、顔を立ててやってるのに。私の父がいなければ即位もできず、皇后がいなかったら、ただの童だったろうに」

紫式部はため息をついた。

「そういうあなただから、私はあなたを『源氏物語』に書かないことにしました」

「ふむ？」

「あなたは中関白家の立派な若き主だったはず。ご両親のすぐれた性質と容貌を受け継ぎ、出世もめざましく、多くの人が憧れた」

「それが、いまではこのざまだがな」

自虐する伊周に、紫式部が一喝した。

「そのとおり。ひどいざまですっ」

「…………」

「あなたのような人物は『源氏物語』には出せない。物語はたしかに嘘の集まりでしょう。けれども、汚い現実を忍び込ませ、読む者の心に毒を吹き込むものでもないからです」

「ははは。そんなことを言うくせに、不義密通、他人の娘をさらう、やりたい放題ではないか」

伊周があざ笑う。

「その中で描きたいものがあるからです」

「描きたいもの？」

伊周は語尾を伸ばすようにした。

「ただの作り話に何が描けるか」

「少なくとも、あなたのような人の物語は、私は残さない。残してあげない」

「…………っ」

言葉には魂が宿る。

これを言霊という。

文字であっても、声であっても、言霊は生まれる。

「あなたは散々に人を呪い、世を呪ってきた。けれども、あなたが本当に呪ってきたのはあわれな自分自身」

「何だと……っ」

「あなたの呪いと恨みは、全部あなた自身に向かう。人々はみな知っている。あなたは何かの陰謀によって葬られたわけではない。あなたは自分自身の行ないで、そのような境遇に陥っただけだ、と」

伊周が立ち上がろうとした。

「おのれ。言わせておけばっ」

「あなたはっ」

紫式部は几帳を押し倒した。伊周が怯んだところへ、袙扇で鼻から下を隠したままの紫式部が、決定的な一言をたたきつける。

あなたは怨霊にさえなれない――っ。

もし、賀茂光栄が言うように、言霊なるものがあるとしたら。

それを、自分がしゃべる言葉でも駆使できるのだとしたら。

いまこの瞬間だけでいいから、言霊となれ。

紫式部は、心からの念を込めていた。

伊周が目を大きく見開き、唇をわななかせている。

「な、何だと――？」

「もしかしたら、あなたは朝参も帯剣も、再び許されるかもしれない。結局、あなたは浮いたり沈んだりしながら、不平不満を募らせて死んでいくだけ。なまじ若い頃に美貌に恵まれ、将来を嘱望されていたせいで、その頃の栄光が忘れられなくて、しがみついて、死んでいく」

「…………っ」

「みんな、この世を去った。皇后さまも、あなたの父の関白も、漢詩で名をとどろかせたご母堂も」

伊周が叫んだ。

「両親の才能も妹の美貌も、みな私の身体の中に流れているっ」

「それもまた過ぎゆくもの」

「何!?」

「諸行は無常。留め置きたいと思っても、みな流れ去っていく。この世のものは執着してもむなしいだけ」

「ふざけるなっ」

伊周が吠える。

「私は藤原伊周だっ。正二位っ。准大臣っ。漢学で私に並ぶ者はなく、主上にも進講したのだ。両親の優れた性質をすべて引き継ぎ、主上の寵を受けた妹のような美貌までも持ち合わせている。才も美も、永遠なるもののはずだ。その私が、どうして──」

不意に伊周の言葉が途切れた。

唇を震わせて、泣いている。

紫式部はくるりと踵《きびす》を返した。

衵扇を閉じながら、もう一度、言う。

「あなたは怨霊にさえなれない。──それは、あなたが自分の人生を生きようとしなかった報い。それと、永遠なるものは御仏の慈悲と智慧にしかないということを忘れた報い」

紫式部が簀子へ出てしばらくすると、物陰から男の声がした。

「終わったのか」

ぼろぼろの狩衣姿、伸びたひげ。陰陽師・賀茂光栄だった。

「終わった、と思います」

伊周と会うにあたり、間に入ってもらった人物とは、光栄のことだった。

光栄は鬢を掻いた。

「すごいものだ。おぬしが男だったら、凄腕の陰陽師になっていただろうよ」

「男だったら、という言葉は聞き飽きました」

光栄は肩を揺らした。

「はっはっは。しかし、見事だった。物語書きの言霊というのは、やはり尋常ではないな」

「畏れ入ります」

紫式部としては、彰子の第二子懐妊が知れ渡ったときに、またぞろ呪詛などをかけてこないでくれれば、それでよかったのである。

光栄は声を低くした。

「おぬし、気づいているのか」

「何をでしょうか」

「あの男から恨みと呪詛を取ってしまったら、何も残らんぞ？　おぬし、本当にあの男の人生を終わらせてしまったかもしれぬ」

「恨みと呪詛だけの人生なら、終わってしまったほうがよかったでしょう?」

光栄は再び鬢を掻いた。

「まあ、あの男については、私も少し腹に据えかねていたところだ」

「あとはお任せしてよろしいでしょうか」

わかった、と答えた光栄は、さらに何か言おうとしてやめ、それを二度繰り返して、三度目にこう言った。

「おぬしが『源氏物語』で描きたいというものを、私も見届けさせてもらおうかな」

「もう少し時間がかかりますが」

紫式部は頭を下げた。

紫式部は石山寺を去った。

急げば朝の出仕に間に合うだろう。


紫式部として、伊周にすべきことはした。

もし不埒《ふらち》な動きがあれば、何度でも同じことを繰り返すつもりだった。

それはそれとして、『源氏物語』の続きを考えなければいけない。

伊周を導く計画は、実行前に伊周が自爆するように消えていったのだが、今度は失敗するわけにはいかない。

『源氏物語』を用いて、道長の心に訴えかけていくのだ。

そこで紫式部は、源氏物語の構想を改めて練ることにした。

源氏は六条院を構え、愛した女性たちも呼び寄せた。

全員がそろっていないが、それは次の帖で書く予定である。

物語をこのまま次の段階へ進めるべきか、「少女」のときのように寄り道をすべきか。

考えた末、紫式部は寄り道するほうを選んだ。

物語世界では、十分に時間が経っている。

源氏の子の夕霧の物語があり、また、源氏と藤壺の間の子が帝となったように、登場人物たちの子の世代が出てきてもおかしくない。

そう考えたときに、どうしても書いてあげたい人物がいた。

夕顔である。

夕顔は若き日の源氏の恋人だ。「こんなところに、こんなすばらしい姫がいたのか」

と驚くような人柄で、若い源氏は彼女に惚れ込む。

しかし、夜明け前に夕顔はもののけ——六条御息所の生霊——に襲われて、あっけなく死んでしまう。

葵の上が、六条御息所の生霊に殺されるより前の出来事である。

その美貌と人柄と情熱的な一夜と、あまりにもあわれな亡くなり方によって、源氏の心にまだ傷を残しているはずだった。

夕顔の美貌を受け継いだ娘を考えてみよう。

名は、玉鬘《たまかずら》。

さらば、かの人、このわたりに渡いたてまつらむ。

——それでは、あの人を——夕顔の忘れ形見の玉鬘を、この六条院にお迎えしよう。

筑紫《つくし》へ下向していた玉鬘が、強引な求婚をことわって乳母とともに都に戻り、かつて夕顔に仕えていた女房の右近《うこん》と再会する。右近から夕顔が亡くなったいきさつを聞いて驚きながらも、源氏によって六条院に迎え入れられるのである。

このような流れを考えている、と中宮御座所でこっそり聞かされた道長は興奮した。

「夕顔の娘！　気になるなぁ。いや、夕顔はとても気に入っているのだよ。何という
か昔——」熱く語りそうになって、道長は中宮・彰子の前だったことを思い出したようだ。「とにかく、夕顔はよい姫だ」

彰子と紫式部が苦笑している。

男というものは、若い頃の恋をいい年になっても引きずるものというのは、源氏という物語だけの話ではないようだ。

ただ、娘にして中宮の前で、嬉々として若い頃の——源倫子以外の——恋について語るのは、気が引けたらしい。

「やはり源氏は、父上を念頭に書かれているのかもしれませんね」

彰子が言うと、道長は相好を崩した。

「ほう。やはりそうなのか、紫式部」

「あ。えっと……。まあ、そうとれなくも、なく——」

「おおっ。そうだったのか。はっはっは」

ちゃんと自分の反応を見ていてくれただろうかと不安になる。

道長がご機嫌で去ったあと、紫式部は彰子にもの申した。

「あのぉ、中宮さま。私、源氏のことを、左大臣さまを念頭に書いたことは、一度も

ないのですが……」

「あらあら。でも、いまは左大臣が自分のことだと思ってくれたほうがよいのでしょ？」

「まあ、そうなのですけど……」

なんとなく解せない。

「ふふ。あなたは、いま書いているのは『寄り道』だと言っていましたけど」

「あ、はい。そうです」

おそらく十帖くらいの長さになると考えている。

のちの世に「玉鬘十帖」と呼ばれる部分だった。

「本編のほうはどうなるのかしら」

「一応、第二十一帖『少女』で、ひと区切りがついていたのです」

「まあ」

「このあと書き始めるのは、本編については第二部とでも言うべきものです」

「どのような内容になるのかしら」

何食わぬ顔をして彰子が尋ねてきた。

紫式部はにっこり笑った。

「まだ内緒です」

彰子は楽しげに声を上げて笑った。

「うふふ。残念。あなたがうっかり口を滑らせてくれるのを期待したのですけど」

本当は、大きな枠組みは決めてある。

夏は終わり、秋が来る。繁栄のあとには凋落がやってくるのだ。

源氏の繁栄は、その繁栄ゆえに、また源氏が若い頃歩んできた道のりゆえに、陰りを見せ始める。

凋落の影は、初めは繁栄の顔をしてやってくる。

ゆえに、題して「若菜《わかな》」。明るく伸びやかそうな名の裏に、次の物語の種がまかれていくのである。

因果は巡り、縁起は連なっていく。

どこまで描ききれるか。これもまた物語作者としての挑戦だった。

けれども、もし紫式部が望むように書き切れたとしたら、釈迦大如来が衆生《しゅじょう》をどのように見つめているかという、御仏のまなざしの片鱗を紫式部自身が垣間見られると思っている。

彰子がにこやかにしているだけで、紫式部の心の重荷をひとつ取り除いてくれてはいた。

「お身体の具合はいかがですか」

二度目の懐妊ながら、悪阻も軽く、だいぶ楽そうである。

「ええ。敦成のときと比べると、かなり楽です。ただ」

彰子が生あくびをした。

「どうにも眠いのが困ります」

「ふふ」

「主上のお渡りのときにも、満足にお話もできずに眠ってしまうのが、本当に申し訳なく……」

「仕方がないことですよ」

それにしても、驚くべきは一度目の懐妊と今回の間隔の短さだ。入内して九年、懐妊の兆しさえもなかったのに、敦成親王を産んで一年と経たずの二度目の懐妊は、とてもめでたいことではあったが、心配なことでもあった。

はたして彰子の母胎が耐えられるのか。

敦成親王の出産においては、丸一日以上の陣痛との戦いがあった。

そう。女にとって、出産は命がけの戦いなのだ。

二度目の懐妊はめでたい。

だが、それは無事に生まれればの話だ。

政治的に見れば、無事に二人目の子が生まれれば、さらには生まれた子が皇子であれば、彰子の中宮としての地位はもちろん、天皇の外戚を窺う道長にとっても、将来の繁栄の盤石さを約束してくれるだろう。

そんな男社会の配慮とはまったく別に、ただ純粋に母子の安からんことを、紫式部はただただ祈っている。

内裏では、出産後に定子を失った記憶がまだ新しい。

だが、仮に彰子に万が一があれば……。

「若菜」の話を伏せたのは、少しでも縁起のよくない話をしたくなかったからでもあった。

紫式部だけではない。藤壺の女房たち全員が同じ思いと同じ祈りの中にいた。

その思いは、彰子も十二分に感じていたはずである。

ただ、彰子にはまた別の悩みもあった。

「今回、私が懐妊したことで、敦康の元服がまた遅れてしまうのではないかと、とても気がかりです」

「それは……仕方のないことです。敦康親王さまもご理解くださいましょう」

事実、敦康は事情を理解していて、不平などを漏らしたりしていない。

敦康はいま、一条天皇が里内裏として用いた一条院内裏の西室に移っている。大内裏の北東に隣接した邸だった。

元服が伸びてしまっているが、気軽に後宮に出入りして彰子に甘えていい年齢ではなくなってきたと、敦康は承知していた。

この敦康に向けられる彰子のやさしさはどうだろう、と紫式部は胸がいっぱいになる。

彰子が敦康の「母」となったのは十四歳。そのころから一貫して、変わらぬ慈しみを与えてきた。

のみならず、自らの父・道長であれ、敦康の血のつながった伯父である伊周であれ、敦康を苦しませたり悲しませたりする者に対して、彰子は常に敢然と立ち向かった。

一条天皇の一の宮たる敦康を、東宮に。

それが彰子の願いであり、紫式部の願いとなっていた。

彰子の慈しみの心は、紫式部を感動させるだけでなく、『源氏物語』にも力を与えてくれていた。

現実の政治に、物語という言霊で挑む戦いを、紫式部は仕掛けている。

正確には彰子とふたりで、戦っている。

彰子と紫式部で、物語によって得たい「道長の反応」を考え、それに沿うように紫式部が筆を執るのである。

結果として「玉鬘十帖」で紫式部が描いた内容は、この十帖だけを取り出しても十分に読み応えのある中編を作り上げることになる。

まず、玉鬘を魅力的に書いた。

そもそも玉鬘とは、美しい黒髪を称えた言葉である。

この時代、女性の美しさとは、詠む歌の美しさであり、書きつけた文字の美しさであり、襲色目の美しさであり、焚きしめた香の美しさであり、黒絹の如き長い髪の美しさだった。

ゆえに、玉鬘の名に恥じぬ、美しく雅な姫を書くことに注力したのである。

玉鬘は夕顔の娘。もし夕顔が若く、昼の明るさの中で人々の目に触れたら、きっと誰しもが彼女を好きになっただろう。それをすべて玉鬘に凝集しようと思ったのである。

同時に玉鬘という言葉には、まったく別の意味もあった。

髪は自分の意に反して伸びてくる。切っても切っても、生きている限り伸びてくる。ゆえに髪は、ときとして煩悩のたとえとしても考えられた。煩悩はいくら刈り取っても、また伸びてきて心を惑わし、人生を混乱させていく。

このため、玉鬘には「どうにもならぬもの」との意味があるのだった。

物語に、かつての恋の思い出とともに登場した可憐な美姫が、自ら望まぬ求婚に追われ、運命に翻弄されていく。

この玉鬘で道長に訴えかけたかったのは、「子を持つ父としての情」だった。


中宮より、白き御裳、唐衣、御装束、御髪上の具など、いと二なくて、例の、壺どもに、唐の薫物、心ことに香り深くてたてまつりたまへり。


——玉鬘の裳着にあたっては中宮から、白い御裳、唐衣、御装束、御髪上の道具など、たいそうまたとない美しい品々で、このような場合に必ず添える、数々の香の壺には、唐の薫物で、格別に香り深いのを下賜くださった。

「ああ……」道長は嘆息した。「中宮さまの裳着のときを思い出す」

予期せぬ数々の困難から必死で逃げ続け、源氏のもとに庇護されるも、そこでも、その美貌から物語に波乱が巻き起こされていく。

若く美しく、無垢な姫が、ろくでもない男に手折られぬようにと、深く気持ちを入れながら読んでいるところで、玉鬘の裳着という美しい場面が挿入されれば、道長くらいの年齢なら、いやがうえにも親の情が刺激されていた。

「娘」であることが大事だった。

男子への親の情となると、自らの血のつながった敦成親王への情愛が喚起されるだろう。

だから、つい先頃、幼なじみである真木柱《まきばしら》との清らかな初恋を描いた源氏の息子・夕霧について、紫の上や玉鬘への恋慕を揺さぶられる描写を入れた。

夕霧には申し訳ないが、「源氏の血は争えぬ」と、少し評判を落とさせてもらったのである。

「中宮さまの裳着、さぞかしお美しかったでしょうね」

紫式部が促すと、道長は春の終わり、まさに藤壺の名のもととなった藤の花を見つめながら、ため息とともに語り出した。

「ああ。美しかった。小さい頃、私の膝にまとわりついていた子が立派に育ったと、胸がいっぱいだった」

傍らには彰子が控えている。彰子は恥ずかしいような、うれしいような、複雑な表情で、父の思い出に耳を傾けていた。

道長は目尻に溜まった涙を押さえながら、彰子の裳着のときに準備した品々を口にしていった。まるで目の前に目録があって、それを読み上げているようによどみない。

ああ、この道長をして、親の情はこれほどに厚いのだなと、紫式部は感銘を受けた。

もともと、権勢欲というものも、自分と自分の家族を幸せにしたい気持ちの延長上に現れる顔を持っている。

道長は道長なりに彰子を慈しみ、その幸せを願っていたのだろう。

「私は父の子として生まれて幸せです」

彰子が声をかけた。

道長の涙腺が崩れ、涙が溢れる。

「もったいない。こんな私に……」

道長が声を震わせて泣いていた。

彰子の言葉は、決しておべっかではない。

政治的意見でぶつかることもあるし、それ以外でもまったく意見が一致するということは稀な道長ではあるが、彰子は本心から道長に感謝しているようだった。

敦康親王と敦成親王の母になれたこと。

大勢の女房たちと知り合えたこと。

何よりも一条天皇の中宮となれたこと。

それ以外にも、娘として受けてきた親の恩を、彰子は丁寧に拾い上げて感謝しているようだった。

すばらしいお方だ、と、いつもながらに紫式部は感動する。

「やはり、親子の情というのは強いものなのですね」

紫式部も思わずもらい泣きしていた。

すると、道長は小さく首を振りながら、

「いやいや。私にそのような思い出を語らせた『源氏物語』の力の賜物よ」

と紫式部を評価する。

「畏れ入ります」

紫式部が面を伏せると、彰子が代わりに出てきた。

「主上も、本当にお心やさしく、ご自身の子をとてもとても慈しむお方です」

「そうであろうな」

「主上はよくおっしゃっています。『敦康を左大臣に託したのは正解だった』と」

伊周に育てられていたら、どのようなねじけた子になってしまっていたか、考えるだに恐ろしい。

「主上が……。もったいないお言葉である」

道長は背筋を伸ばすと、遠くにいる一条天皇に向けて礼をした。顔を上げたときに、自分から言った。

「主上は、一の宮たる敦康親王さまを東宮になさりたいのだろうな」

「そうかもしれません」

「親としてのお気持ちは、とてもよくわかるよ。私も子はたくさんいるけど、最初の子である中宮さまは、やはり心の中で格別なのだ」

紫式部は目だけで彰子を見た。思わず快哉を叫びたいほどだったが、そんなことをすれば道長がかたくなになるのは、火を見るより明らかだった。

彰子はこちらに目配せひとつしない。

ただ、しみじみと道長と会話をしていた。

道長が敦康親王の東宮擁立に言及したのは、親としての感情を揺さぶられたからだけではない。

藤原伊周である。

四月になって、かねてからの道長の予想とおり、彰子の第二子懐妊は人口に膾炙《かいしゃ》するようになった。

このとき、もっとも気にしたのが、伊周による呪詛である。

年初の呪詛こそ祓えたものの、呪いには現実に力があるのは『源氏物語』にも書かれているとおりである。

第二子を懐妊してまだ日が浅く、心身ともに不安定な時期に呪詛をかけられたら、どのようになるかわかったものではなかった。

それは紫式部も同じ思いだった。

賀茂光栄は伊周について、もう気にすることはない、というようなことを言っていたが、はたしてどうなるか……。

ところが、伊周は動かなかった。

六月になって彰子が安定してくると、一条天皇が宣旨を出した。

伊周の朝参と帯剣を許すというものだった。

人々はざわめいた。

つい数カ月前に、中宮らを呪詛するという大事件への関与を疑われた伊周が、こうも簡単に朝議に戻ってくるとは……。

だが、参内した伊周を見て、みなわが目を疑った。

そこには、かつての美貌はどこへやら、頬がこけ、ごぼうのようにやせた中年の貴族がいるばかり。

かなり体調が悪そうだった。

道長が悩まされている飲水病に、伊周もまた同じく悩まされていた。伊周の場合は父・藤原道隆からの遺伝だったようだから、ほとんど藤原摂関家の宿痾のようなものである。

その飲水病が、かなり進行していた。

伊周が政治的生命のみならず、肉体の生命も危うい状態になっているのは、誰の目にも明らかだった。

仮に敦康親王が東宮となったとしても、伊周が後見に立つことはありえない。

だから、道長は敦康親王に対する態度を軟化したのである。

伊周はもはや「終わった人」となってしまったのだ。

宣旨によって許されて、再び参内できるようになった伊周の様子を人づてに聞いたとき、紫式部は鳥肌が立った。

賀茂光栄の言葉が思い出される。

『物語書きの言霊というのは、やはり尋常ではないな』

『おぬし、本当にあの男の人生を終わらせてしまったかもしれぬぞ』

それほど自分には力がないと心の中で否定するが、何の修行もしていない六条御息所が、その生霊で夕顔や葵の上を殺してしまいうることを書いたのは、他ならぬ紫式部である。

もちろん、あのあと、光栄が何かやったとも考えられなくもない。そのほうが順当な考えだろう。

しかし、自らの言葉に「魂よ、宿れ」と、あのとき念じていたのも事実である。

これは、いけない。

紫式部は、ますます自分の言葉に気をつけ、書く物語に慎重にならなければと戒めた。

だが同時に、この物語の言霊が道長を縛りつけて、彰子の願いを実現するように使われてほしいとも願っている。「玉鬘」が効いているのを感じつつも、道長が伊周のような退場をするとは思えないだけに、紫式部は自らの物語を研ぎ澄ませるのだった。

六月になって、彰子は出産の準備のために藤壺を下がり、再び土御門第に移った。

夏が過ぎ、秋がやってきた。

一条天皇に「重く慎しみ御すべし」とされながら、改元がなされなかった今年も、これから落ち着いていくかに見えた矢先である。

誰もが予想しなかったことが起こった。

彰子の懐妊に関することではない。

十月五日、火が起こり、一条天皇と親王たちのいる一条院内裏が焼失したのだった。

この作品は双葉文庫のために書き下ろされました。

双葉文庫

え-08-07

源氏物語《げんじものがたり》あやとき草子《そうし》（一）
紫式部《むらさきしきぶ》と彰子《しょうし》

2023年10月11日　第1刷発行

【著者】
遠藤遼《えんどうりょう》

【発行者】
箕浦克史
【発行所】
株式会社双葉社
〒162-8540 東京都新宿区東五軒町3番28号
[電話] 03-5261-4818(営業部)　03-5261-4868(編集部)
www.futabasha.co.jp(双葉社の書籍・コミックが買えます)
【印刷所】
中央精版印刷株式会社
【製本所】
中央精版印刷株式会社

【フォーマット・デザイン】
日下潤一

ISBN978-4-575-52700-1 C0193
Printed in Japan

FUTABA BUNKO

出雲のあやかしホテルに就職します
硝子町玻璃
Garasumachi Hari
女子大生の時町見初は、幼い頃から「あやかし」や「幽霊」が見える特殊な力を持っていた。誰にも言えない力を抱え、苦悩することも多かった彼女だが、現在最も頭を悩ましている問題は、自身の就職活動だった。受けれども受けれども、面接は連戦連敗。まさに、お先真っ黒。しかしそんな時、大学の就職支援センターが、ある求人票を見初に紹介する。それは幽霊が出るとの噂が絶えない、出雲の曰くつきホテルの求人で——。「妖怪」や「神様」たちが泊まりにくる出雲のホテルを舞台にした、笑って泣けるあやかしドラマ!!

発行・株式会社　双葉社